林良作品集
08

# 現代爸爸

經典紀念珍藏版

林良

# 永遠的探索——《現代爸爸》第三個版本的序

《現代爸爸》是我的一本散文集，也是一本「爸爸書」。這本書的特色是真誠談論一個男人該怎樣做好家庭裡的重要角色「爸爸」，因此引起了爸爸讀者、媽媽讀者的關切。

這本書在一九九〇年交由「好書出版社」發行，是第一個版本。我曾經為這個版本寫了一篇序〈追求兩代關係的和諧〉，也用這句話勉勵天下的爸爸。

這個版本印行了四刷以後，因為好書出版社的創業同仁一一離開，這本乏人照顧的書就改由富有朝氣的「麥田出版」接手發行。麥田接手以後，重新校閱全書，製作新的封面，成為這本書的第二個版本。我也為這第二個版本寫了一篇序〈「爸爸」角色的轉型〉，提醒讀者，爸爸已經不再是以大家族為靠山的那個「一家之主」了。

今年，二〇一五年，麥田在印製第五刷的時候，再次校閱全書，製作新封面，成為這本書的第三個版本。現在，我又為這個版本寫了這篇序〈永遠的探索〉，說明了這本書的基本精神，同時也為日後的回憶留個紀念。

這個新版本有一個小變動，就是作者署名的改變。我的散文集，作者署名一向都用我的筆名「子敏」，不用我的本名「林良」。因此常有讀者把「子敏」和「林良」當成兩個人。這個新版本的作者署名，直接改用「林良」本名，目的是避免讀者再有「兩個人」的困擾。

前面提到的那兩篇不同版本的序文，都附印在本書的卷首，希望爸爸讀者們都能一讀，相信一定會對本書有更多的了解，引發更濃的興趣。

能夠屢屢為一本二十多年前出版的書撰寫新版本的序文，是一件很愉快的事情。我在這裡，祝福所有的爸爸讀者，都能為「怎樣做個好爸爸」找到適合自己的答案。

# 「爸爸」角色的轉型——《現代爸爸》第二個版本序

農業社會裡的「父親」，就像一個帝王。他的權力可以影響到孫子，甚至曾孫。工商社會成形以後，農村人口流向城市，隨著職業遷移的人，組織了一個一個的「小家庭」。這些離開母枝、分布各地的小家庭，成為構成工商社會的新單位。這些新單位裡，也有一個「父親」，但是角色已經轉型。

「小家庭」裡的「爸爸」，不再是未來的大家族的「族長」，所以也不再那麼尊貴。他沒有大量的勞動力可以運用。他是家裡唯一的勞動力的來源，凡事都要親力親為。地位跟他相等的「媽媽」，跟他相互依存。我的意思是說，他不再擁有僕人。擦地板、打掃屋子、洗衣、煮飯、洗碗盤，他都必須出手幫忙。嬰兒出生以後，沖牛奶、抱孩子、換尿褲，他都不能袖手旁觀。這樣一個身兼「僕人」和「奶媽」的「爸爸」，跟子女的關係比從前親密得多。但是在子女眼中，他已經不再是一個帝王。

在教育子女方面，穩定的農業社會裡的「父親」，雖然也要投注相當的心血，但是他有整個家族的文化作他的後盾。這樣的後盾，給了他「權威」。在現代的小家庭裡，對子女的教育全由「爸爸」和「媽媽」兩人去承擔。他們勢單力薄，所面臨的挫折都要靠自己去思考，去發揮創意，去解決。

這樣一個身兼「僕人」和「奶媽」，而又沒有權威的「現代爸爸」，應該怎麼樣去盡「父親」的責任，怎麼樣去教育子女，確實是一個值得我們思考的問題。

這本書，《現代爸爸》，所收的文章都是我思考這個問題的產物。我把它寫出來，是希望跟天下的「爸爸」作一次心得的交換。當年身為「爸爸」的我，現在已經升格為「爺爺」。但是至今我仍然非常珍惜當年所寫的這些「爸爸經」，因為這些經驗和這些思考，對現在年輕的「現代爸爸」依舊具有交換的價值。

書中的「爸爸故事」單元，收入故事十二篇。我嘗試用接近小說的風格，刻畫年近中年的「現代爸爸」內心的掙扎和開悟。在這些作品中，我對於「現代爸爸」和正處於反叛年齡的子女之間的衝突，作了一些處理，秉持的是一種「追求兩代關係的和諧」的精神。這是我對年近中年的「現代爸爸」的另一項心得交換。

《現代爸爸》在一九九〇年（民國七十九年）出書，這是第一「刷」，由「好書出版社」發行。到一九九四年（民國八十三年）為止，三年間一共印行了四「刷」。三年前，因為「好書出版社」的創業同仁的一一離去，這本書幾乎就要成為現代人所說的「書市孤兒」，乏人照料。幸虧富有朝氣的「麥田出版」出面領養，重新排版，更換新的書衣，使《現代爸爸》有了新的版本，新的容顏。

新的版本應該有新序。我寫下這幾句話，一方面作為新版本的新序，一方面也想利用這樣的機會，對「麥田」的領養表達最真誠的謝意。

一九九八年四月於臺北

# 追求兩代關係的和諧——《現代爸爸》的序

我是一個「父親」，跟天下所有的父親一樣，必須跟子女和諧相處。

我既然是一個父親，自然就會有自己的「父親觀」。

「父親」是什麼？代表支配，代表權益，代表責任？是一種負荷，還是一種福分？父親是另一尊神？這都不是我的心中圖畫。在我的心目中，「父親」只是一個「人」，是子女毫無選擇餘地而又必須面對的「人」。既然是這樣的一個人，他就不能不時時刻刻考慮到態度上對子女的「公平」。

「父親觀」跟「子女觀」密切相關。一個父親的「父親觀」，往往建立在他的「子女觀」的基礎上。我的「父親觀」同樣的也來自我的「子女觀」。

我的「子女觀」，可以用下面一段十分抽象的話來形容：

你發心要「有」，因此就「有」了。

這個「有」，是一種「發生」。

這個「有」，是一個獨立的存在。

這個「有」，既然是一個獨立的存在，那麼，你跟這個「有」的關係，就成爲一種「相遇」的關係，是一種緣分。

這個「有」，雖然是因你而有，卻不歸你所有。

你無權宰制這個「有」，卻該好好對待這個「有」。

你跟這個「有」，可能因爲相處得好而彼此快樂，也可能因爲相處得不好而彼此痛苦。

這個「有」，就是你的子女。

我不知道這段十分抽象的話，是不是已經能夠明白道出我的「子女觀」。但是我相信，我的讀者可以從這段話裡感覺到一種「對生命的尊重」。這就是我的基本思想。我不認為：我的子女因為已經是我的子女，就不再是一個應該受到我尊重的獨立生命。

一個做父親的人，最好從一起頭就不要希望子女敬他如神，畏他如帝王。過高的權力最容易使人犯錯誤，傷害了別人。沒有一個父親忍心傷害自己的子女，因此他也不該希望自己擁有支配子女的絕對權力。一個真正快樂的父親，必是子女心中最喜歡的人，同時也是被子女了解最深的人。要做到這一點，他就必須善待子女，同時也對子女有夠多的了解。

兩代關係的和諧，應該是父親和子女雙方共同的追求。不過，我認為人生閱歷較為豐富的一方，應該有更大的作為。寬恕、包容和自我抑制，往往只有人生閱歷豐富而心胸開闊的一方才辦得到。

人間的父親，往往把自己一日的所作所為、一年的所作所為、一生的所作所為，誇大的形容為「一切為子女」。其實，一個父親並不因為自己已經是一個父親，就不許再有自己的人生追求。他不必自我否定到這個程度。他有權追求自己的人生目標，只是他的追求對子女應該是「無私」的。

所謂「無私的追求」，是指他所追求的無論是什麼，都不應該以子女作工具。他可以有自己的「形象塑造」工程，但是不能拿子女作材料。他不能像古代世襲的帝王，以自己所追求的強加在子女身上，支配子女一生的命運。一個追求人間財富、權力、聲望的父親，必須有度量「樂見」和「成全」子女成為大徹大悟的佛子，承認那也是一種值得追求的追求。

對一個父親來說，子女雖然並不「歸我所有」，卻是「因我而有」。他把一個生命接引到世上，就應該盡自己的心力善加照料。有三件事是他不能逃避的，那就是給子女營養，給子女教育，給子女應得的愛。這就是說，他照料這個小生命，使小生命能健康的成長。如果他能這樣做，他就已經為「兩代關係的和諧」建立了良好的基礎。

良好的兩代關係，應該是雙方的互相了解和雙方的互相成全。這種良好的關係，不僅是兩代之間所必需，更可以說也是人與人之間、人與社會之間所必需。

我心目中的「現代爸爸」所具備的特殊美質，就是懂得如何向子女「表達」，同時也懂得如何「傾聽」子女的表達。「表達」和「傾聽」，是和諧的兩代關係所不能缺少的。

當一個父親感覺到子女很喜歡跟他談話，很喜歡向他吐露自己的所見、所感、所思和所信，而他也很喜歡聆聽的時候，他就用不著再擔心兩代關係的不和諧了。當一個父親發覺自己能夠心平氣和的把自己的所見、所感、所思和所信提供子女作抉擇的參考，而子女也很喜歡聆聽的時候，他也用不著擔心兩代關係的不和諧了。兩代能夠順暢交換彼此的所見、所感、所思和所信，等於在代溝上架橋。代溝是必然存在的，但是有了橋，代溝就不再代表「隔絕」。

現代父親比「轉型前的社會」裡的父親幸運得多，因為他還可以向「知識」求助。現代世界裡，對於有關嬰兒、幼童、兒童、少年、青年的知識，已經累積得相當豐富。現代父親因為有知識的指引，對子女就會有更多的了解與同情。了解與同情使兩代的關係既是情感的，同時又接近理性。

兩代關係的不和諧是現代父親的人生苦惱之一。我心目中的「現代爸爸」是能夠克服這種人生苦惱的現代人。一個不快樂的現代父親要蛻變成平安自在的「現代爸爸」，所需要的不是「看破紅塵」，而是一些小小的改變。

收在這本書的許多文章，都環繞著一個主題：「怎麼避免做一個不快樂的父親」。這些文章有長有短，都是我這幾年裡為這個主題而寫的。這個主題不是「一句話」可以說完，也不是一篇序可以說完。我把我的所見、所感、所思、所信放在一本書裡。

我的心願是：希望這本書對於「不快樂的父親」和「不快樂的子女」都能有一些幫助。我期望的「幫助」是雙方因為讀了這本書而對「對方」有更多的了解與同情。這一方願意做一些小小的改變，另一方也願意做一些小小的改變。「不快樂的父親」快樂起來，「不快樂的子女」也快樂起來。

願天下的父親都快樂。

願天下的子女都快樂。

願地上每一個人家都享有「平安快樂」的福分。

一九九〇年七月五日

# 現代爸爸

# 目次

## 卷二 爸爸故事

卷一

# 父親這一行

# 我是一個爸爸

我很幸福，因為我是一個爸爸。

我知道小孩子都愛爸爸，但是也在心裡研究爸爸。他們想知道真正的真正的「爸爸」是什麼。關於這一點，我有幾句話要說。我要向小孩子分析「爸爸」是什麼，因為我自己就是一個爸爸。

所有的爸爸，都愛聽自己的小孩喊他「爸爸」。他認為「爸爸」是一個最尊貴的稱號。在他的心裡，「爸爸」這兩個字的意思，就是「有福氣的人」。尤其是在許多朋友的面前，如果你很勇敢的走上去，當眾爽朗的喊他爸爸，他會回答得很響亮，臉上露出得意的神氣，就像剛剛受到別人的恭維一樣。因此，小孩子要讓爸爸快樂很容易，那就是盡量找機會喊他爸爸，早晨喊他一聲爸爸，中午喊他一聲爸爸，晚上喊他一聲爸爸，跟他說話的時候，設法插上一聲「爸爸」。如果你平日能在這些小地方多留心，那麼到了你真正遇到困難的時候，你會發現爸爸是非常好商量的。所有的爸爸，天生疼愛喊他「爸爸」的人。

有一次，我遇到一個很不快樂的爸爸。我大吃一驚，趕緊安慰他，探詢他不快樂的原因。他嘆了一口氣，告訴我說，他不快樂的原因是他的小孩子很少喊他「爸爸」，最高的紀錄是整整的一天沒喊過他一聲「爸爸」。我聽了，也陪著他難過起來。小孩子很少喊他「爸爸」，他就認為孩子不怎麼愛他，認為他自己是一個不怎麼有福氣的人了。

所有的爸爸都希望幫小孩子做事，而且希望能給孩子一個「爸爸什麼事情都辦得好」的印象。在孩子還很小的時候，所有的爸爸都會自動邀孩子騎到他的背上，去試試他這一匹馬。他要向孩子證明，他是世界上最平穩、最懂人意的一匹好馬。孩子要看國慶日的大遊行，所有的爸爸都會忍受肩膀的痠痛，讓孩子有一個世界上最好的看臺。

到孩子會看電影的時候，所有的爸爸都願意在大太陽底下去排隊買票。就怕電影看不成，就怕讓孩子失望。『今天票賣完了，明天再來吧！』這種話他是說不出口的。他寧願擠得一身是汗，手裡捏著幾張電影票，高高的舉著手，大聲喊著：『買到啦，買到啦！』他要讓孩子看到他把這件事情辦得很好，辦得不叫人失望。

孩子提出來的要求，只要聽起來是那麼合理的，所有的爸爸都會盡力去辦，而且辦得十全十美。

所有的爸爸都怕孩子生病，孩子一生病，他比誰都慌。事情並不怎麼嚴重的時候，他就已經激動得要跟醫生說：『就是當了褲子，我也要把孩子的病治好。』因此，有許多醫生常常要安慰手足失措的爸爸說：『你要冷靜一點啊，這只是普通的感冒。』

許多爸爸都喜歡給小孩子講故事，其實他並不是很會講故事的人。為了給孩子講故事，他不得不去買故事書，然後一個故事一個故事學著講。找故事講是很辛苦的事，但是只要孩子聽得高興，他也會跟著高興。他出門在路上走的時候，或者跟朋友在一起的時候，只要有人講故事，他就會站住，豎起耳朵來細聽。只要那故事是好的，他就會牢牢記在心裡，準備回家去告訴他的孩子。

我認識一位爸爸，常常見了朋友就說：『有什麼好聽的故事沒有？快給我講一個。』

朋友把故事說給他聽，他就很用心的學。他的孩子一天要聽一個故事，所以他不得不一天學一個新故事。如果有人開一個「故事補習班」，許多爸爸一定會搶先去報名。

每一個爸爸講故事，都會講到神仙。其實每一個爸爸的心裡，都希望自己就是那個神仙，好幫助自己的孩子實現願望。

小孩子說：『我要去公園盪秋千。』他的爸爸一定會想出辦法來，讓他真的在公園裡盪秋千。

小孩子說：『我要去動物園看老虎。』他說完這句話不久，就已經站在動物園的老虎籠子面前了。這就是他的神仙爸爸安排的。

我認識一位爸爸，有一天，他的孩子忽然跟他說：『我要坐飛機！』我想，這一次他一定辦不到了。可是他不願意讓他的孩子失望，就去拜訪許多朋友，打了許多電話。幾天以後，我見到那位爸爸。他很高興的告訴我說：『我的孩子已經坐過飛機了！』他真是一個神仙爸爸。

許多爸爸都說，他希望孩子趕快長大，其實他的心裡才不那麼想呢。每一個爸爸幾乎都希望他的孩子永遠長不大。孩子一長大了，就不需要騎馬了，就不需要聽故事了，就不需要神仙爸爸幫他實現一個一個的小願望了。每一個爸爸都不希望那個時刻來得太早。

當然，那個時刻是一定會來的。到了小孩子能夠自己走路去上學，能夠自己搭公共汽車去上學的日子，每一個爸爸的心裡都會覺得寂寞。他會當著別人的面說：『真好啊，我的孩子長大了！』其實，他心裡說的卻是：『唉，我的孩子已經長大了！』

你一定會奇怪，孩子長大有什麼不好呢？當然不好。孩子長大，爸爸就不能常常跟孩子在一起了。

那時候，爸爸會非常想念自己的孩子：『我的孩子什麼時候放學呢？我的孩子什麼時候回家呢？』

每一個爸爸會一下子變成一個最愛聽故事的人。他愛聽自己的孩子給他講「真的故事」。他愛聽孩子告訴他路上看到什麼，學校裡有什麼好玩的事，老師說了些什麼話。孩子開口講話的時候，他會心花怒放的聽，聽得入了迷。

他會變得很愛問。只要見到自己的孩子，他就會說：『今天學了些什麼功課？你會不會？你的身體很好吧？你需要什麼東西？告訴我，我可以去買。』

如果孩子告訴他，什麼東西都已經有了，再也不想要什麼了。他就會露出很失意的樣子。

有時候，他會一天到晚的喊孩子的名字，可是等孩子真的走到他面前，他又沒有什麼話好說。

有時候，他會忽然變得很沉默，好像有許多事情要好好的想一想。

每一個爸爸，在孩子長大的時候，會有一段日子不知道該怎麼辦才好。然後有一天，他會忽然想明白了，心情漸漸開朗起來。

他會想：『我的孩子已經長大了，當然不能再騎在我的肩膀上去看國慶閱兵，當然不能再要我帶他到公園裡去盪秋千。我真是一個傻爸爸！不過，我實在用不著那麼難過。我不是還可以做他的朋友嗎？我不必一定要讓我的孩子知道，但是我要隨時準備好。只要他有困難，只要他開口，我就一定會好好兒的幫助他，像從前一樣！』

這時候，他會把孩子嘴裡喊出來的一聲「爸爸」當作世界上最好聽的音樂。他會把這一聲「爸爸」當作一切往日情感的結晶。只要聽到一聲「爸爸」，他心中就會湧出快樂的清泉。只要聽到一聲「爸爸」，他就會覺得自己是一個最幸福的人。

這就是「爸爸」。「爸爸」就是這樣子的。

小孩子不必懷疑我怎麼能夠知道「爸爸」知道得這麼清楚。這是一點兒也不值得驚奇的。我不是說過了嗎？我自己也是一個「爸爸」。

# 爸爸是：

在孩子的心目中，爸爸會是什麼？我會是孩子們的什麼？

一個「爸爸」，總會有自己的「父親觀」。這個父親觀的建立，在最初，當然是非常倫理學的，可是這倫理學的冰山，往往在「小太陽」似的孩子的面前融化成為柔柔的水。也許，「水」就是爸爸的象徵吧。

爸爸是孩子們的泉水，是孩子們的「童話之泉」，因為一個爸爸常常會不知不覺的迷失了自己，純粹用孩子的觀點來看世界。有一次我跟孩子談論許多年以前臺北街道的寂靜清幽，感慨的說，那種景象現在只有清晨四點鐘才能見得到了。我的第二個孩子立刻建議第二天清晨四點鐘到街上去散散步。這是違反我的生活規律的，但是我跟孩子對那新鮮經驗有同樣的貪心。結果當然是，第二天清晨，我「跟著」我的孩子去吸收新鮮經驗去了。

爸爸是孩子們的大海，是孩子們在這個世界上所能找到的唯一能夠匯集眾流的「眾水的家鄉」，因為一個爸爸往往能夠發現孩子們各種不同的意見的可愛，像一個「蔡元培」，所以他認為自己的使命是使各種想法都能夠並行不悖。有一個星期天，我的三個孩子都希望能去看一場「有爸爸陪同」的電影，但是每一個孩子都堅持自己對影片的選擇，我不得不安排連續三個星期的電影欣賞活動，讓三個孩子自由參加。

爸爸是孩子們的港灣，是孩子們逃避嚴正社會規範的庇蔭所，因為孩子們有時候看起來是脆弱得那麼可愛，如果不稍加保護似乎就會受到嚴重的摧殘。我的最小的孩子，有一天拿著她的數學練習本走進我的房間，告訴我說，數學習題又多又繁，她已經不想做了，因為她覺得十分厭煩。我也看出她臉色有些蒼白，眼珠子並不明亮發光，這是感冒的前奏。我不得不放下我的工作，給她沖一杯蜜水，對她正在熱心進行的「撲滿計畫」捐獻兩塊錢，然後陪她一道一道的分解數學習題，同時在紙上計算，互相核對答案。我知道孩子需要的是這樣的一個港灣，並不是「對病人的訓誡」。

有時候我注意到，孩子們還沒有進入社會以前，似乎已經在家庭裡學習到享受各種社會機構的方便。唯一的不同是，利用真正的社會機構要付費，但是在家庭裡卻可以省去這些麻煩。家庭裡這些值得一再利用的「社會機構」，我注意到，幾乎都集中在一個人身上。那個人，就是「爸爸」。

爸爸是孩子們的銀行，這個銀行一再的使孩子有機會觀察到人類最偉大的發明之一——錢的妙用。最使孩子困擾的是，錢為什麼會跟爸爸成為一體？最使爸爸心驚的是，孩子們把「錢的妙用」跟「爸爸的妙用」混為一談。事實上，孩子們簡直把爸爸看成「有兩條腿的錢」了。因此，孩子們把事情單純化了，不是通過爸爸去用錢，而是直接的「用爸爸」。我的最小的孩子曾經跟我說，她要一盒銀行牌的彩色筆。她說要有彩色筆，就有了彩色筆。我的第二個孩子跟我說，她希望有一部鋼琴。這當然是對「銀行」的考驗。可是結果仍然是，她說要有鋼琴就有了鋼琴。我的大孩子跟我說，我應該去買一幢有花園，有一大片碧綠草地的住宅，使大家能夠享受多一點的陽光。這一次，她發現「銀行」並不是無論什麼事情都辦得到的了。儘管是這樣，這「銀行」仍然是非常可靠有用，尤其是日常生活上小小需要的滿足。當然，這「銀行」本身最歡迎的業務，也是那袖珍可愛的小小平價物件的購買。

爸爸是孩子們的旅行社。這旅行社，會給孩子們安排最完美合適的旅行。這旅行社並不像其他的旅行社那樣的有許多「規定」，對於觀光客的要求，都要以「符合規定」為前提。這旅行社是自由的，能夠滿足觀光客的任何需要。這個旅行社辦過兩次奇特的觀光旅行。第一次是到高雄去看澄清湖、春秋閣，然後再到墾丁公園，最後是到鵝鑾鼻去看燈塔。兩個小觀光客，老大跟老二，所提出的最重要的觀光項目，卻是到高雄大新公司飲食部吃一客冰淇淋——跟臺北的冰淇淋並沒有任何差別的冰淇淋。第二次是到福隆海濱的沙灘上去游泳，三個小觀光客，老大、老二、老三，所提出來的最要緊的「觀光項目」，是中午在沙灘上野餐吃的，必須是每人一根滷雞腿——跟家裡吃的完全一樣。

爸爸是孩子們的律師事務所。這個律師事務所同時得到時時有小爭執的三方面當事人的信任。這三個當事人裡的任何兩個有了小爭執，都委託同一個可靠的律師替她們打官司。因此，這個律師事務所的最大的業務並不是訴訟，而是調解。調解不同於判案，調解只不過是一種藝術。這個律師事務所經常準備著一本可愛的小書、一兩顆甜甜的糖、一杯可以消除火氣的冰蜜水，還有一兩句笑話、一個簡短有趣的故事，或者「一個父親的溫和安慰」。這個律師事務所，辦過的一次最複雜的和解，是老大對老二不滿，老二對老三不滿，而老三對老大不滿。那一天，是這個律師事務所最忙碌的一天。

有時候我覺得，對於「爸爸是什麼」的最好的答案，是從人倫方面來設比喻，會使聽的人容易了解得多。

例如說，爸爸是孩子們的朋友。一個跟孩子一起出去散步的人，難道還不像朋友？跟孩子一起玩射箭，跟孩子一起下跳棋，跟孩子一起打撲克牌，這樣的人，除了朋友，還有誰？

例如說，爸爸是孩子們的老師。這樣的一句話是無比的正確。告訴孩子一個音符是四分音符還是八分音符的人，告訴孩子「兩人同時同地向相反的方向走，六小時後兩人的距離是多少」的計算法的人，告訴孩子這個英文字跟那個英文字相差一個英文字母的人，告訴孩子「孔明的姓是諸葛」、「劉備不是劉邦」的人，除了老師以外，還會是誰？

不過，爸爸總是爸爸。你有時候會覺得為爸爸下定義是有許多困難的。爸爸的真正性質是不可比喻的。對於「爸爸是什麼」的最完美的答案，應該只能是：

爸爸就是爸爸！

# 爸爸這種職業

這種職業是「限男性」的，「職位」不高，「職務」繁重，「待遇」是「零」。就像駕駛汽車的職業叫「司機」一樣，這種職業叫「爸爸」。

在我們的「老語言」裡，用一種職業的「類稱」來喊一個人是「被允許」的。我們喊茶房「茶房」，喊夥計「夥計」。但是在我們的現代語言裡，這種「喊」法已經逐漸被認為非常不禮貌的了。我們的現代語言裡，絕對不可能出現『泥水匠，好久不見了！』或者『舞女，你這麼早就買完菜回來啦？』這樣不禮貌的句子。只有「爸爸」這種行業是例外。所有的孩子都直呼這種行業裡的人「爸爸」，沒有其他的稱呼——沒有其他「更尊敬」的稱呼。

我進入這一行，已經有相當的歲月。這是「終身職」，「改行」的事情是永遠不會發生的。我發現無論我怎麼在其他的行業裡求發展，怎麼去追求「成就」，結果也只能算是一種「副業活動」，一種「不務正業」。一個「爸爸」，儘管經商失敗，或者一事無成，或者終身不得志，都只能算是小事，只要他在「本職」上沒有任何過失。反過來說，一個「爸爸」儘管經商致富，功成名就，如果他犯了嚴重的「職業上的過失」，就仍然會被人看成「什麼也不是」，仍然會自己覺得是「最大的遺憾」。

我回想第一天獲得這個職業，曉得自己已經正式被「錄用」的時候，心中的狂喜，不是僅僅「無法以言語形容」所能形容的。那種快樂，像「被加冕」，像「被封爵」，像「被授以聖職」，像「被選為一個重要的委員會的委員」。我有一種衝動，想趕緊穿一件「繡紅字」的「佈道背心」到大街上去遊行。背心的「背部」跟「心部」，都繡著兩個紅字「爸爸」，意思是：『我已經是「爸爸」了！』我相信街上的人會對我「很重視」。我更希望這能成為一種美俗：任何路人，只要看到一個穿著這種「刺目的爸爸背心」的人，都必須趕緊走上前去道賀，並且為他祝福。

我沒有經過任何「職業訓練」或「就業訓練」，像一個天才似的，忽然一下子就變成一部很出色的「抱孩子的機器」。這是一種很新鮮的經驗，一切都不必「預習」。

我記得在產科醫院裡，有一個「同行」，在談天的時候，告訴了我「人人都可以成為天才」的道理，他是一個經歷過五次喜悅的資深「爸爸」。

他說：『頭一次，我也不知道怎麼抱孩子，就去請教護士小姐。護士小姐笑著說：「孩子自然會教你。」我把孩子「抱」回家的時候，我也覺得好笑。我不是已經「抱」了嗎？』

我的同行又問我會不會「作曲」。我很惶恐的說我不會。

『你會的！』他很神祕的含笑跟我說。

後來我果然也作了許多「搖籃曲」，雖然我從來沒進過「音樂系」。

有一個寫〈父親的構造〉的美國散文作家說：『寬厚的背是必須的，因為那是準備讓孩子騎的。』

「爸爸」這種職業裡，最令人興奮的是「騎馬的經驗」。當然我所說的「興奮」，是指「馬的興奮」。一個「爸爸」如果竟然當起「騎師」來，那是完全「不可思議」的。一個人只要當了「爸爸」，他很快的，像個天才似的，一下子就學會了怎麼去當「一匹好馬」。我們平常評鑑一匹馬的好壞，很可能也要看看牠的蹄。但是要評鑑一個「爸爸」是不是一匹好馬，要留意他的「膝蓋」。「膝蓋」上沒有繭子的，絕對不可能是一匹好馬。

「爸爸」這種職業所以能那麼迷人，最主要的原因是它的「不斷有新境界出現」的特質。跟著「騎術」來的，就是「沐浴術」。這不僅僅是「怎麼樣把一隻青蛙放到水裡去」的問題，它同時還是「怎麼樣把青蛙弄到岸上來」的問題。前一個階段似乎很容易，因為小孩子都是「天生的兩棲動物」。但是第二個階段就不那麼容易了，因為小孩子這種兩棲動物，一進了水，就會變成「永恆的魚」。每一個能讓「魚」心甘情願的離開水池穿上衣裳的「爸爸」，都是真正的天才。

孩子大到可以進幼稚園的時候，每一個「爸爸」都會以為從此工作可以減輕，過一種比較寫意的日子。其實這完全是「誤會」。所有的「爸爸」，在孩子進入幼稚園的時候，都會遭遇到「路」的困擾。

孩子都以為「路」只有一條，只要向前走去，終點必定是幼稚園，因此孩子從來不注意路兩邊的地面標識。「爸爸」的工作是不讓孩子「走失」，在他陪著孩子上幼稚園的時候，就有充裕的時間觀察到「孩子走路的習慣」。孩子是「有路就走」的，而且有「不走直線」的傾向。有好多次，我讓孩子「自己帶路」，結果我們繞了半天，在上課的時間「又回到家裡」。

「爸爸」是孩子的「時鐘」，每一個有爸爸陪著的孩子，都能恰好在升旗的前一分鐘到達幼稚園。因此孩子就會向「時鐘」請求；要在路上玩，要在路邊綠地裡的「法國鐵椅」上坐著休息休息，要「順便」去買糖，要「先逛逛街再上學」，只要爸爸「肯答應」，孩子就不會遲到。所有的「爸爸」，不論運用什麼教材教法，都沒辦法讓孩子把「時間不等於爸爸」這件事弄明白。孩子都不知道，可憐的身材高大的「爸爸」，並不是時鐘上那一枝有權威的「長針」。

孩子會「交際」以後，就會常常把客人帶到家裡來。那時候，「爸爸」就成為「參觀項目」之一。每一個「爸爸」遲早會發現，小客人從來不觀察一件東西的「整體」。他身體的各部分，都成為小客人批評的對象。一個小客人會說他鼻子太大，另外一個小客人會說他鼻子太小。他的鼻子有時候會被形容成「栗子」，有時候會被形容成「鐵釘」。

星期天是「爸爸」最忙的日子，因此全世界所有的各式各樣的機構，都不得不在星期天「放假」。如果不放假，也不會有「爸爸」去上班。能上班的，一定是一個「遊手好閒」的「爸爸」。

每個「爸爸」在星期天所做的「工作」，等於一場激烈的運動。他會被派到放映卡通的電影院前面去，成為「人山人海」裡的一員，成為「人潮」裡的一個小浪頭，成為「長龍」身上的一個小鱗片。他要「被擠」，有時候也不得不擠人，不過多半是被「壓縮」。他滿身是汗，而且口渴得厲害，但是他不能逃走，他每一次進入「戰鬥」都必須成功。他雖然很辛苦，但是只要他運氣夠好，就能從小窗口取到兩三張小小的，薄薄的，蓋了章的紙片。那時候，他在人海裡高舉右臂，像怒海孤舟的單桅杆，搖動著手中的紙片，高呼：『買到啦！買到啦！』他雖然差不多「力竭聲嘶」，但是心中充滿快樂！

星期天的「爸爸」，通常都是出色的「導遊」。這是因為他體力非常充沛，不怕坐車，也不怕走路。他不但能把孩子帶到一個「勝地」，並且能在到達勝地以後，即刻去爬山。不管孩子指的是哪一個山頭，他都能把孩子帶到那上面去——然後再筋疲力竭的抱著孩子下山。他對「觀光客」有充分的了解。世界上所有的觀光客，真正關心的只有兩件事：「吃」和「睡」。因此，在他發現孩子老遠的跑到勝地的山上只為了吃一點「巷子口就可以買得到的棒棒糖」的時候，在他發現孩子去旅行，只不過是喜歡「坐車靠在他身上睡」的時候，他一點兒也不生氣。

如果運氣好，「爸爸」星期天也可以不出大門一步，不過他卻必須在大門內陪孩子玩「剪刀、石頭、布」，整整玩一個上午跟一個下午。在不玩的時候，「爸爸」必須講故事。每一個「爸爸」是講故事的「行家」——我的意思是說，他知道怎麼樣把故事講得又簡單，又「不精采」。這是因為他知道他所講的每一個故事，孩子都要聽十遍；如果他講得太精采了，孩子會要求他每一遍都講得跟第一遍一模一樣，不許遺漏任何細節，那是一件非常吃力的事情。

這種職業的工作範圍是非常廣泛的，因此大多數的「爸爸」都不得不去「郵購」一部百科全書，放在書房裡備用。在孩子慢慢長大以後，「爸爸」會變成一個

「國語家」，因為孩子會問他每一個字是「第幾聲」。他會變成一個「數學家」，因為孩子會要求他解答「烏龜跟仙鶴關在同一個籠子裡」的計算問題。他必須是一個研究「禾本科」植物的「常識家」，因為孩子會問他「稻」和「麥」形狀有什麼不同。他必須是一個「體育家」，因為孩子會問他怎麼樣才能夠「跳遠」跳得遠。他還必須是一個「謀略家」，因為孩子會問他怎麼樣才能夠當級長。

「爸爸」的工作中充滿了「驚奇」，每一樣發生的事情都在考驗他的應變能力。沒有一個「爸爸」在考驗中退縮，因為那是一件非常不體面的事情，那是會被「同行」取笑的。

儘管職務繁重，職位不高，待遇等於零，但是沒有一個「爸爸」為這種小事情抱怨，沒有一個「爸爸」心中不平。這是因為這種職業得來不容易，而且同行競爭又非常劇烈的緣故。

每一個「爸爸」都希望自己是「爸爸隊伍」中最出色的一員，沒有一個人肯承認自己會有「辦不到的事情」。他們都屬於「摘星黨」，那是一個滲透各行各業的善良幫會組織。這個幫會的宗旨只有一條，那就是：赴湯蹈火，為孩子辦好任何事情！

# 第二個童年

如果時光可以倒退，我很願意回到二十年前，再陪伴我的孩子度一次童年。每一個父親都有兩次童年。他的第二次童年是孩子為他帶來的。

孩子使父親發現自己所接受的小學教育的重要性，慶幸自己曾經是個小學畢業生。不然的話，他就沒有能力為孩子唱歌，沒有能力為孩子講故事，沒有能力用蠟筆為孩子畫簡筆畫，沒有能力跟孩子坐蹺蹺板。他發現小學教育原來是為父親預備的。

『如果你不回轉成小孩子的樣子，你就不能當一個盡職的父親。』他會記得聖經裡也有這麼一句類似的話。

童年的經驗對父親是有用的。豐富的經驗，可以使他的孩子有充實的童年。經驗的貧乏，會使孩子的童年變得非常空洞。往日的缺陷，今天補救還來得及，因此，有許多父親「帶職受訓」似的努力學習捉蚱蜢、撲蝴蝶、挖蚯蚓，戴著眼鏡高舉竹竿去黏樹上的蟬。「需要」是「第二個童年」之母。有了孩子以後，父親會在野地裡奔馳像一隻花鹿。

在童年中的孩子，並不知道他所過的日子就是他的童年。只有一個父親，為了要善盡職責，才能深深體會到童年是怎麼一回事。他，清醒而且快樂的，享受「真正的童年」——這「第二次」比「第一次」更真。

在那一段日子裡，一個父親對人生有最濃最純的興致。他為了把一個多采多姿的人生引進孩子的心靈，竟使自己的日子也變得多采多姿。他會重理童年的舊業，在海灘上撿貝殼，在山坡上觸摸含羞草，在溪水裡泡腳。

他必須能夠大量生產故事，大量生產兒歌，而且要重新調整他的歌聲。

在體能方面，他必須鍛鍊的項目多到足夠開列成一張長長的單子。他必須是一匹活躍在地板上的穩健的馬。他必須能雙腿併攏做成一部起重機，把坐在他腳背上的孩子一起一落的搖動一萬次。他必須能夠把孩子的身體高高舉起，像一個舉重選手。他的肩膀必須特別寬厚有力，因為那個部位是孩子在節日看舞龍舞獅的看臺。

他必須學習品嚐各種新奇的食物。他必須恢復吃糖、吃冰淇淋。他必須學會吃凍凍果、吉利棒、烤魷魚、甜不辣。

多采多姿的活動是一樣接一樣來的。他沒有時間去做無益的思考。他很容易的就體會到一個真理：幸福不是靠思考得來；幸福是你根本已經生活在幸福之中。

他很努力，但是並不覺得辛苦；不但不覺得辛苦，反而是心中充滿了感激。他感激他的孩子，因為他的孩子把快樂給了他，使他像是在夢中。

在那一段日子裡，我從孩子學習到的，比我所能給孩子的不知多了多少倍。我學習到什麼是單純的快樂。

我們最喜歡的一個活動是「看牽牛花」。大門對面有一戶人家，房子外面圍了一道竹籬笆，籬笆上爬滿了籐蔓，籐蔓上開滿了紫色的牽牛花。孩子們喜歡我拉著她們的小手，打開大門，走到籬笆前面去看。

孩子會用小手指頭指著一朵牽牛花說：『這裡有一朵！』我們就靜靜的看那一朵。

『這裡還有一朵。』孩子會說。

我們就靜靜的看那第二朵。

我們很高興的一朵一朵看下去。

如果你問我像問天下任何一個父親：『牽牛花真的那麼好看嗎？』

我的回答是：『牽牛花是很美的，因為它是孩子眼中的牽牛花。紫色是很美的，因為它是孩子眼中的紫色。我在牽牛花的花瓣上看到孩子對它的祝福。孩子在牽牛花的花瓣上看到父親對它的祝福。牽牛花是父親和孩子都想看的花，所以它是美的。對我跟孩子來說，牽牛花是「我們的花」。』

一朵花，如果它是父親想看，同時又是孩子想看的，那麼它一定是很美的花。一朵能夠成為「在一起」的象徵，成為「童年」的象徵，成為「難忘的日子」的象徵的花，而且又是紫色的，會是不美的花嗎？會不是最美的花嗎？

牽牛花是童年的花，屬於孩子的第一童年，也屬於父親的第二童年。牽牛花有一個更美的名稱：「喇叭花」。那喇叭會吹奏兒歌。

有一位詩人寫過一首懷念父親和童年的詩，留下了兩行令人難忘的句子：

你常常帶我走近破籬笆，
答應我摘一朵牽牛花回家。

單純的快樂是不朽的快樂。在那一段日子裡，我跟我的孩子每天下午都要到巷子口去看人。

孩子的最單純的好奇心，對父親來說，是山那麼高，海那麼深，天地那麼永恆的感動。巷子口是我們都喜歡的角度。這是一個看世界的角度。父親應該帶孩子出去看廣大的世界，因此，我們每天下午都要走到巷子口。巷子口是一個小看臺，從這個看臺，我的孩子可以看到人類的遊行。

孩子喜歡看大人，也喜歡看小孩。孩子想看看這個世界上所有的人物。她看到一個，就把那個引進她的小世界。孩子的世界會慢慢擴大，因為她引進的人物越來越多。像是把捉到的金龜子一隻一隻放進玻璃瓶似的，對孩子來說，看人也是蒐集。孩子對收藏有永不衰竭的興致。

我們看「男生」，也看「女生」。孩子收藏的「瓶中人」越來越多：老公公、老太太、警員、軍人，戴帽子的、不戴帽子的、牽孩子的、不牽孩子的、高高的、矮矮的、胖胖的、瘦瘦的、搬東西的、不搬東西的、拿皮包的、背書包的、挑擔子的、推車子的。每一個人物都是可愛的，每一個人物都是她的玻璃瓶所需要的。

遊行的隊伍是永遠走不完的。有時候，狗也在隊伍裡。狗的出現，使她覺得遊行的隊伍裡充滿人情味。我們都知道狗是人類最忠實的朋友，只是往往忽略了狗跟小孩子的更親密的關係。在孩子的心目中，狗跟她是「一家人」。孩子更希望看見的，是「帶著主人出來散步的狗」。

如果你問：『看人能使孩子快樂嗎？』

『那是最大的快樂。』我會這樣回答。

孩子在看人的時候，對我的旁白的期待是最殷切的。她在巷子口讀的是一本厚厚的「人類的故事」，當然希望父親「念給她聽」。我們一起讀的是一本令人快樂的大書。我們一起欣賞的是最單純的戲劇，儘管沒有劇情，卻有看不完的角色。

在那一段夢似的日子裡，你不會想到未來，也不會想到過去。人在夢中，只要做夢。

但是孩子是會長大的。幾個充滿好奇的，永遠只說「這是什麼」這樣一句話的孩子，有一天，會忽然雙眼閃耀著另外一種好奇，問你說：『爸爸，你跟媽媽戀愛的時候，是不是……？』

你應該知道，你的夢應該醒了。你的第二個童年也結束了。孩子走出第一個童年，就像一隻小雞破殼而出；但是你不是。你對第二個童年有無限的眷戀，你希望蛋殼永遠不破。你會在你應該更高興的時候，心中充滿惆悵。

只要是可能的話，我多麼願意再陪伴孩子度過一次童年。只有一個做過父親的人，才能真正體會到第二個童年對他有多可貴！

# 家裡的四節

孩子還小的時候，每逢兒童節，我一定會想辦法撥出時間，到街上去選購三件小小的禮物送給我的三個孩子。除了禮物，還要有三張賀卡，我會在賀卡上寫吉利話，分別暗示我所欣賞的每個孩子的優點。在那樣的好日子，我不提她們的缺點；要提，應該在平日的談話中提。我認為一個好父親應該不吝於當面說出孩子的優點，這是對孩子的鼓勵。

童年在老家廈門，每逢兒童節，學校裡過節的氣氛常常令我陶醉。學校裡有舞臺表演。經商的熱心家長，還會送給全校學生禮物，有一年是每個學生一枝鉛筆，有一年是每個學生一小盒牛奶糖。大書店裡一定會有活動，例如出版《兒童年鑑》，或者舉辦兒童讀物特價。連電影院都會預先排定片子，為兒童選映《小孤女》或者《迷途的羔羊》。當時兒童影片裡的孩子，都是又窮又可憐。流行的主題都是「救救我們的孩子」。

有這樣的童年生活背景，我當然很重視兒童節。我一心想救救孩子，包括救我自己的孩子在內。我體會到的救孩子的真義，就是為他們堆起幸福像一座山。沒有人怪過我，我也不怪我自己，因為這正是我從小所接受的「有關兒童」的教育。

我中學時代一直在教會學校受教育，讀過聖經，唱過聖詩，加入過查經班，而且參加過三更半夜的「報佳音」隊伍，在老師住宅的大門前高呼：『恭賀救主聖誕！』也吃過師母由二樓用籃子吊下來的橘子。我對聖誕節印象深刻。

我的家不是宗教家庭，沒人念佛，沒人信教。父親是一位有自由思想的人。他重視品德，重視實踐，相信知識可以解決問題。跟外祖母一大家人住在一起的日子，我們過元宵節，過五月節，過中秋節。我們自己住的日子，這三個節都不過，是鄰居心目中那種「不拜拜」的人家。家裡掛祖父的照片，但是不祭祖。祖父的照片不掛在客廳，只掛在父親的書房裡，是父親自己一個人看的。

父親去世以後，家裡遇到不順利的事，母親偶然也會燒燒香，拜拜天，希望能獲得一點力量。後來她領悟出一切力量都來自對人類的了解與同情，慢慢能夠不害怕，也就不常拜天了。戰爭給了她很大的啟示。她說：一顆炸彈下來，有的死、有的活；活的人歡天喜地是不應該的，活的人也應該悲傷。對人人和自己的人生遭遇，她也抱這樣的看法。

父親對國家民族抱樂觀的態度。他說，只要一百年的時間，中國人就可以養成合作的習慣，具備合作的知識了。他參與公眾事務，學習跟人合作，也沒有時間拜拜。

在這種情況之下，我們小孩子看到別人家在元宵節有一番盛況，在端午節有一番盛況，在中秋節有一番盛況，心裡難免羨慕。我們小孩子因為熟悉學校裡過聖誕節的盛事，卻不懂得拜拜的細節，所以我們所能做的，就是小孩子合作起來，讓家裡在聖誕節也有一點行事。我們兄妹在聖誕節互相贈送賀卡，而且在家裡安置聖誕樹，因為這一切我們都很在行。

我成家以後，我個人過聖誕節的習慣也成為小家庭的習慣。起初，在小孩子很小的時候，聖誕節我會抱小孩子坐在客廳裡看聖誕樹上的彩燈明滅。小孩子大一點，我在聖誕節送她們賀卡，為她們在聖誕樹下擺禮物，告訴她們這是聖誕老人送的。孩子上小學，不再相信每年聖誕節會有一個長白鬍子的歐洲老人走進我們的家，但是同學之間已經有互贈賀卡的習慣。三個孩子不忘也給爸爸、媽媽一張賀卡。家裡開始每年有兩代互贈賀卡的行事。

孩子慢慢長大，懂得攢錢；有了錢買禮物，就開始用小小的禮物回贈爸爸、媽媽。孩子們零用錢的數目慢慢增多，為了聯絡感情，為了她們跟同學已經互贈過聖誕禮物，所以三個小孩子也開始互贈禮物。我們是五口之家，演變到今天，每年聖誕節客廳的聖誕樹下，總會堆滿二十份小禮物，每人送出四件，收到四件。

孩子也會鬧窮。沒錢買禮物送人的孩子，也會送每人一張賀卡。遇到最窘迫的情況，鬧窮的孩子也會給每人一張寫了賀詞的紙條。我和「媽媽」有時忙得忘了聖誕節，遇到那種情況發生，我們也會想法子作立即的處理，就是依照我們中國傳統的優雅方式，送每人一個紅包。我因為忙，曾經連續兩年，在聖誕樹下放了四份中國紅包。

童年，我就知道母親很疼愛我，用寬容的態度原諒我的過錯。起初，她一心認為我會有偉大的成就。後來，因為我在各方面表現都不出色，她就把對我的期盼修改為相信我會有一些成就。我在青年期一再受挫，她仍然不失去對我的盼望。最後，她把對我的期盼修改到最低的程度：有一天，他一定能學會了照料他自己。

我有這麼好的母親，但是對母親節卻很陌生，因為那時候學校並不提倡。在臺灣，是晚到民國四十二年才有民間團體集會慶祝母親節。母親節的行事能進入我們這個小家庭，完全是三個小孩子的功勞。學校教導她們這樣做。第一次看到三個小孩子送給「媽媽」母親節賀卡，我受到很大的感動，除了一再讚美三個小孩子的高尚表現以外，我趕緊也去買了一張賀卡——這是孩子們的爸爸向孩子們的媽媽賀節。事實上，這幾年來，我早就藉著母親節向「媽媽」表達一個丈夫對他太太的感激，因為一直到現在，還沒有人提倡在一年中選定一天為「太太節」。

三個孩子除了送賀卡以外，有時候也送幾朵康乃馨，有時候也送小禮物。三個孩子這樣做，總會得到我的鼓勵，但是「媽媽」卻不忍心讓孩子用自己的「微薄收入」為她買禮物。「媽媽」的對策是：『你們送我這麼多禮物，叫我往哪裡擺？』她想推掉這個母親節。

『有時候，我自己忙得連母親節是哪一天都忘了。』她說。

我的鼓勵，「媽媽」的推託，對孩子形成困擾。三個孩子跟我商量這個事情該怎麼辦。我也不知道事情應該怎麼辦，但是我一直認為表達「感激」是最好的「人性教育」，同時也是高尚的行為。我只能告訴孩子：『那麼就只送賀卡，題一些字吧。』

孩子都說不夠。我想：『送媽媽用得著的東西。』孩子說：『行！』

事實上還是不行。送媽媽一盒梳髮用具，媽媽用了。送媽媽一盒包括香水和口紅在內的化妝品，媽媽碰都沒有碰過一次。三個孩子各有失敗的時候。我忽然想起中國式的優雅紅包。送媽媽紅包，媽媽不用還可以放在銀行裡，媽媽想用在孩子身上也很方便。孩子鬧窮可以只包十塊錢，孩子闊些可以多包些。孩子們都同意我的想法，我也同意絕不探聽她們紅包裡的祕密。

媽媽確實真的會忙得忘了母親節已經到了，但是她在某一個星期六下班回家，只要看到客廳瓶中有康乃馨，桌上有四個紅包，就會領悟過來：『對啦，五月的第二個禮拜天！』然後轉頭去看日曆。

父親節這個節日進入我們小家庭，算是最晚的了。我對三個孩子的關心和操心，可以說超過對其他的一切，但是在孩子的心目中，我對她們卻是「零約束」——用現代話來說。我認為對孩子約束太多會妨礙她們的成長。做這樣的父親不容易，這樣的父親要他開口向孩子要父親節禮物更不容易。

我不教導我的孩子「不要自私」，我引導孩子去觀察一個自私的人在別人心目中的地位有多卑下。我不教導我的孩子要誠實，我引導孩子觀察或者留意不誠實的人在別人心目中地位的低微。那麼，我是不是也可以運用這個原則，引導我的孩子去觀察別人家的孩子如何重視父親節？我總覺得這不大好。

三個孩子第一次列隊到書房來送給我父親節賀卡，使我十分驚喜。後來我才知道，這一方面是學校的教導，另一方面卻是報紙上大幅的商業廣告。三個孩子曾經尋找適當的時間聚會，共同商量，然後決定了要有這樣的行動。

第二年，三個孩子除了送賀卡以外，還送我一兩件小禮物。我跟「媽媽」不同的是，她們送我的小禮物都能受到我熱烈的歡迎，因為我自己也喜歡玩小擺設、小玩物。起初，孩子們送我的禮物都是她們經濟能力負擔得起的。後來，她們慢慢長大，竟動用了她們打工賺來的錢為我買禮物，這是大禮物了。

我的一位當父親的朋友告訴我：有一次，他的兩個孩子「合資」買了一個手錶，送給他作父親節禮物。他把兩個孩子叫了來，很嚴肅的對他們說：『你們今後只要懂得好好用功，好好做人，我就很滿足了。下次不要再送我什麼父親節禮物！』

我問：『你有沒有對兩個孩子說謝謝？』

他說：『倒是忘了。』

我大吃一驚，說：『你傷了他們的心。』又問：『從那次以後，他們再送不送父親節禮物？』

他說：『不送了。』

我很惋惜的說：『你的嚴肅形象可以打一百分，你剝奪孩子的快樂也可以打一百分。』

孩子要送我什麼禮物，我一向任由孩子自己決定。孩子悄悄告訴我「今年恰巧很窮，沒有錢買禮物送你」的事情並不是沒有。我告訴她：『送我一張題了字的紙條就可以了。』其實，她肯把祕密告訴我，就已經深深表達了她的美意。

今年的父親節，三個長大了的孩子仍然不忘送我賀卡和禮物，可見她們已經接受我作她們一生的朋友。

父親節不肯快樂接受孩子贈送的禮物，反而當場頒發訓詞：這樣父親好像很不應該。這也可以算是我的父親節感想了。

# 爸爸的天井

每一個當爸爸的人，都曾經有過一片自己的天空。

當他還年輕，積蓄了足夠的期待，就會豪氣萬丈的讓自己射向天空。這代表他一生一次的飛躍。這飛躍並不意味著一去不返。這飛躍意味著尋找。萬里江山伸展在他腳下，他必須在降落以前做好自己的抉擇。著陸以後，他成為一個新人，開始從事一生的耕耘。他有了伴侶，不再是一個孩子，而且不久就做了爸爸。

這是天下所有爸爸的故事。

爸爸們也許會漸漸淡忘那次生命的飛躍，但是偶然想起卻不是不可能，因為那次飛躍畢竟是感人的，令人心動的。不過，最大的可能還是淡忘，因為嬰兒的誕生為他所帶來的狂喜，會使他把九霄雲外的那次飛躍，拋到九霄雲外去。

新生嬰兒的稚嫩、純真和憨態，會使一個爸爸愛得發狂，會使一個爸爸因為身在福中而向蒼天謝恩。

有一句話說：父母是為子女當牛馬。這句話太過分了。不過，在我的經驗裡，我確實曾經當過孩子們的馬。為了跟孩子親近，我急急的向幼小的孩子灌輸騎馬的觀念。孩子心中本來沒有馬，更不懂得騎馬。我讓她心中有馬，而且喜愛騎馬。我幾乎扭曲了孩子的認知活動，竟讓孩子一心以為「馬」就是趴在地板上的爸爸。孩子第一次騎馬是要靠媽媽幫忙的，不然就會從馬背上滾落。慢慢的，小騎士就學會了緊緊揪住爸爸的衣領。

這樣的一匹馬，是隨侍等候徵召服役的。這樣的一匹馬，最喜歡聽到徵召令。徵召令一下，人立的馬立刻趴下。

在歲月中，在媽媽認為不當的和緩抗議中，小騎士逐漸厭倦了騎馬生涯。免役的馬並不因此寬懷，反而勾起了淡淡的惆悵，其實除役的馬還有許多事情好做。

除役的馬可以變成一輛交通車，負責接送孩子去上學。交通車代表一個使命，並不指一種交通工具。交通工具是可變的，有時候是腳踏車，有時候是三輪車，有時候是公共汽車，有時候是計程車。這交通車既然是一個人，就會有人的喜悅。小小的學生第一次開口要有自己的小雨衣，會為忠實於接送生涯的交通車帶來莫大的喜悅，一種混合著成就感的喜悅。

風雨和烈日，敘說的不是日子的艱辛。滿頭大汗是一個令人開心的經驗。躲雨誤餐是一個難忘的故事。在兩代共享的活動中，「奔忙」和「苦」成為兩個被遺忘的語詞。

孩子第一次開口要有自己的公共汽車票，對我是一個震撼。這意味著孩子已經可以獨來獨往，同時也意味著接送生涯的結束。再也不會有一起等車、叫車、雇車這樣的事了。上班就是上班，下班就是下班，再也沒有其他。我有一種開空車的感覺。接送仍然是接送。接，在家門口，是一種牽腸掛肚的接。送，在家門口，是一種牽腸掛肚的送。孩子開始有了自己要走的路。你不必參與，也不能參與。

高興的是，孩子總會有功課，總會有必須弄清楚的問題，總會有累人的作業。儘管孩子的態度是嚴肅的，但是那嚴肅也會令我喜悅。要不是稍稍懂得自我抑制，我幾乎做好了一切準備，成立一家一人經營的「代做功課公司」。我表示我能接受學校的一切挑戰，而且也有了真正的業績。但是這態度並不是孩子所喜歡的。

孩子漸漸習慣一回家就躲進自己的書房，把作業攤開在書桌上。孩子像是發現我跟學校老師不屬同一個學派。她們發現我的這種「業餘學派」，並不符合學校的要求，極力避免我的介入。小房間的門口，像是亮起了「作業中」的紅燈。

對我來說，這也許是一個很好的機會，我正可以從事我自己的耕耘。問題是，這耕耘所需要的專一和恆心，實在令我感到畏懼。我有孩子，而且一直跟我相伴，我為什麼要當出家人？

好在孩子們總會有事，比如說，總會找不到不該找不到的東西。她們丟了東西，會來找我。為孩子尋找不見了的東西，使我感覺到彼此相互的依存。尋找丟了的東西，本就是我的生活樂趣之一。我感激寫「福爾摩斯」的英國作家柯南道爾。他傑出的思考方式和觀察能力，使他成為我少年時代崇拜的偶像。

我要求孩子敘述失物的經過，再問幾個簡單的問題，往往很容易的就為她們找回失物。找回失物所能獲得的快樂，超過再買一份新的千百倍！就因為這樣，我仍然是孩子生活圈裡的一個人物，而不是一個闖入者。

好在還有假日。在假日，我扮演的角色是孩子們的銀行。這完全出於自願，並沒受到任何形式的脅迫。為了避免強迫孩子以我的趣味為趣味，為了避免強迫孩子以我頒布的法定樂趣為樂趣，我讓自己只是一個傾聽者。這是一個送禮的日子，無條件付款的日子。

孩子前行，我前行。孩子停，我停。孩子回頭探詢我的意見，我點頭。孩子吃喜歡吃的東西，我付帳。孩子想買喜歡的飾物，我付帳。孩子們最後總是走進了書店，我對她們選擇的每一本書點頭，然後付帳。孩子不再需要我付帳的日子，很快就會到來。為幾個自己最熟悉的孩子付帳，是一件快樂的事情。更何況，你的好意永遠不會遭到拒絕，因為你跟孩子之間，有這樣的情分。

這個時代的孩子都在考試中長大。他們所受到的考試訓練，重點在面對試題的反彈性直覺反應，又快又準，像美國拓荒時代西部槍手的拔槍。拔槍最快的，才能名列前茅。那訓練是天天進行，持續不斷的。孩子要考幼稚園，而不是進入幼稚園。如果她進入幼稚園，那說明她是考進去的。她們考幼稚園、考小學、考初中、考高中、考大學。每一次考試，孩子會給我一個機會：『想不想陪考？』

我們難得相聚，為什麼要放棄這樣的機會？

我們難得一起在外面用餐，難得在同一個校園裡聽鐘聲。孩子成年前的考試只有五次，每考一次少一次，每一次都值得格外珍惜。陪孩子考大學，孩子總會在校園中向赴考的同學介紹：『這是我爸爸。』面對那些大孩子臉上驚訝的微笑，我仍然不覺得自己做錯了什麼。

孩子出國讀書，照樣不忘給我一個機會：『想不想送我到機場？』

為什麼不？我難得為她送行，這又是一次難得的相聚。

我並不為孩子的遠行而感傷。十幾個小時以後，她會降落在另一個國度的機場。然後是越洋電話。她的電話在她宿舍的書桌上，就像我的電話在我書房的書桌上。我們隨時可以通話就像面對面談話。完成學業的一天，她只要收拾行囊，在飛機上閉目養神，十幾個小時以後，就可以降落在家鄉的土地上。

我眼眶發熱，是因為感受到另外一種離別。這莊嚴的離別，不是兩地相隔，而是人生使命的分化。孩子已經長成，開始凝視自己的天空。她就將有一生一次的飛躍。

像天下的爸爸一樣，那曾經淡忘的生命的飛躍，又回到了心中，我難免也會仰望頭頂的一片天空，那是我曾經飛躍過的。

其實，爸爸們看到的，只是天井上空的一方藍天。他不再需要有那樣的飛躍，那是一生只有一次的飛躍。他更關心的是那個天井。天井雖小，卻仍然是一個出色的機場。他的孩子，就要由那裡起飛，射入天空，像飛機一樣，像自己當年一樣。

# 怎樣做個好爸爸（一篇講稿）

中國有一句話：『活到老，學到老。』我覺得這句話對天下的父親來說是很適切的。「怎樣做個好父親」，必須靠不斷的反省和調整，剛開始時總會犯錯，但是失敗會給我們帶來經驗。

另外，我們也常聽到一句話：『天下無不是的父母。』如果這句話是由子女說出，我就覺得非常適當。而我想說的是「天下沒有不犯錯的父親」，因為他經驗不夠，第一次很可能犯錯，必須在失敗中求取經驗。

在八月八日父親節這天，我特地提出八點「怎樣做個好爸爸」的建議和大家互相交換：

## 一、要常常和孩子接近

現代的社會都是小家庭的形式，組織很單純——爸爸、媽媽和孩子。但是我們往往會忽略：孩子非常在乎家庭形式的完整。他認為一個家一定要有爸爸，一定要有媽媽；回到家裡，他希望看到爸爸、媽媽。如果經常看不到爸爸，就會有一種不安全的感覺。我有一位朋友，他非常忙碌，但是他為自己訂了一個原則：「每天晚上一定要準時回家吃晚飯」。他把一切無法避免的應酬安排在中午，晚上孩子回家時就可以看到爸爸了。二十四年來他始終如此，所以，他對孩子的了解非常深刻，對孩子的幫助也很大。

我想這點往往是許多爸爸很難做到的。如果我們能盡量做到，對孩子會有很大的幫助。孩子也會有信心、有安全感。

## 二、不要對孩子發脾氣

教育的基本精神是感化，感化就要有耐心，而發脾氣就是沒有耐心的表現。對孩子發脾氣，很容易傷害孩子的心靈。孩子會怕父親，造成他的懦弱。父親常發脾氣，孩子也會模仿，學會暴躁。如果我們能耐心的對孩子把事情說明白，而不對他發脾氣，孩子會覺得很幸福，也會長得更健全。

## 三、要懂得讚美孩子

一般人對孩子的讚美多半是在有外人的場合裡，也就是向人吹噓。這並不是好的方式。要讚美孩子最好是在只有你和孩子兩人的場合裡，誠懇的表示你對他的佩服。這是很大的鼓勵，也可以獲得他對你的信心。就如同在成人的社會裡，要讚美一個人最好在背後讚美他一樣。孩子做了一個好的抉擇，最好在只有你們兩人的場合裡誇獎他。

## 四、多關心，少干涉

很多家長以為「干涉」是關心的一種表現，也有人把干涉和關心混為一談。其中的分別很細微，但是對孩子的影響卻很大。如果爸爸太過於關心孩子，孩子會覺得很不自由。例如：他一站起來你就問：『你要去哪裡？』他走進洗手間你就問：『是不是要洗手啊？』他剛弄出一點聲音，你又告訴他：『水要開小一點。』他一轉身，你又說：『肥皂在你的左手邊。』其實你是關心孩子，但是他會覺得非常難受。因此，爸爸要學會「明明很關心，但假裝不關心」。例如：你和他同在一間屋子裡，他站起來、往前走、爬樓梯、向左走，你很關心他的行動，但是不要表露出來，讓孩子覺得在家裡很自由。爸爸稍微運用一些技巧，孩子就會覺得你是個好爸爸。

## 五、禁止的同時，給孩子一個積極的指引

平日不要禁止孩子做這做那，如果要禁止，應該先替他開好一條路。這對培養孩子獨立、自尊的性格很有幫助。例如：孩子打開冰箱伸手去拿西瓜，你說：『不要吃西瓜！』孩子就會愣在那兒，不曉得該做些什麼。如果他長期受這樣的待遇，就會變得很沒自信。所以，最好在禁止的同時，為他開一條路，例如：『不要吃西瓜，去喝開水。』又如：一個剛打完球的孩子，回到家就伸出髒手去拿桌上的東西，有些父親會說：『住手，先把手洗洗再來吃。』而懂得這個技巧的父親會說：『看你那雙髒手就知道你是個好運動員。你學會擦板投籃了嗎？』孩子可能就會不好意思：『我先去洗洗手。』父母常忘了孩子的自尊，而讓孩子愣在那裡。如果不得不禁止孩子做某些事，別忘了給他開幾條路。

## 六、有技巧的處理孩子的耍賴

孩子知道爸爸疼他，可能就會堅持要求做一件事，否則就耍賴。爸爸對這類事情，要有處理的技巧，應該事先做好準備，而不是事情發生後臨時來解決，例如：打孩子一頓。如果孩子有什麼請求，你認為合理，也可以做得到的，那麼你可以表示很願意去做。例如星期天上午孩子要你帶他去看電影，而你剛好有空，也想去看，就可以告訴孩子：『走，我們去看電影。』你那種「痛痛快快的答應」會讓孩子留下深刻的印象。幾次之後，孩子感覺到「爸爸是個痛快的人」。到了孩子要看電影，而你沒時間，也覺得不合適時，你說：『不去。』孩子會覺得很服氣。因為平常能去的時候，你那麼痛快；真正不能去的時候，自然也會很痛快的「說不去就不去了」。

孩子拒絕做某件事，不要勉強他。如果你認為他的理由正當，就不妨尊重他，給孩子留個印象。等到有一天，孩子要強迫你做一件事，你不答應，他就比較會尊重你。例如：有時你告訴上司或朋友，明天帶孩子去看他們，第二天時間到了，孩子不願意去，這時你不妨多尊重他，向上司或朋友道個歉。如果你尊重孩子的拒絕，孩子也會尊重你的拒絕。只有事先多製造些印象，及早準備，才能對付孩子的要賴。

## 七、孩子間的吵架，不要看得太嚴重

孩子間的爭吵，常讓父母覺得心煩，尤其是爸爸，因為他常是「維持治安的人」。其實，孩子吵吵架或打打架，只要不是很嚴重，父母不要太擔憂。吵架對孩子來說，只是喜劇中的過程，不要全身肌肉緊張的隨時要出面去干涉。在我的經驗裡，孩子也懂得開玩笑和緩和空氣的技巧，父母不必太擔心，否則孩子反而會覺得你過於干涉他們的「人際關係」。

有時事情不如想像中那麼順利——孩子真的打起架來，那麼，最好由父母兩人去勸架，一人安慰一個，一個給老大抹紅藥水，一個給老二搽碘酒，沒一會兒他們就會和好了。如果你責備他們，有時反而會加深他們的敵意。

兄弟姊妹之間不會有嚴重的打架，父母不妨讓他們早點學習與人相處的藝術，而兄弟打架正是訓練的課程。從「打打、好好」中，他們就會慢慢學習如何與人善意的開開玩笑，融洽的相處了。

# 八、在相信一種理論之前，最好先分析一下

過去我曾相信一個理論：『孩子很小的時候，不要帶他到處跑。他吸收了太多複雜的印象，不但沒好處，反而會擾亂了他。』但是今天，我覺得應該仔細的分析一下。如果這句話指的是到國外旅行，就有點道理。我認為孩子小的時候，可以多待在家鄉，多熟悉他居住的環境，多聞聞家鄉的泥土氣息。這對他的生長是有益處的。假如花很多旅費，帶孩子到國外旅行，他可能只記得自己坐在一個大大的房子裡往上飛，又坐在一個大房子裡往前走，後來又住在一個大房子裡，其餘的都不記得了。

如果那句話是指跟陌生人接觸，我就覺得不太正確。我認為除了正式的社交場合不便帶孩子去之外，親友間彼此的拜訪最好能多帶孩子參加，讓孩子多跟陌生人接觸。這會使他比較喜歡跟人接近，不會過度的內向。如果有人光相信上述的理論，一直把孩子關在屋裡，反而害了孩子。所以，我們在相信一種理論之前，要對這個理論做一點分析，這樣就可以避免盲從。

# 父親這一行

我因為喜歡寫作的緣故，所以有一個很好的機會，就是跟讀者自由交換思想。讀者常常寫信給我，跟我討論他的生活。這些來往的信件中，時常討論到一個角色，就是「父親」。我逐漸發現「父親」這一行並不是容易幹的。

從許多父親的來信中，我發現他們最大的快樂或最大的痛苦幾乎都跟子女有關。子女可以使他們快樂，子女也可以使他們痛苦。他們把子女看成自己完整生命的一部分。他們談到子女，就像談到自己某一部分的健全或某一部分的病痛一樣。

從許多兒女的來信中，我發現年輕的孩子們仍然像古人一樣。他們心目中的父親幾乎就等於「天」。在兩代相處和諧的家庭中，年輕的孩子都有「天公作美」的感激心情。在兩代相處稍稍不那麼和諧的家庭中，年輕的孩子難免「怨天」。不過，「天」畢竟是「天」，畏天思想，畏天觀念，畏天意識，畏天心情仍然存在。可見在年輕孩子的心目中，一位父親不論好壞，不論嚴厲或慈愛，地位同樣是十分崇高的。

有一個年輕的孩子，在寫給我的信中說：『父親就是我的命運。』我覺得我有一種責任，就是把這句話轉告天下的父親，讓天下的父親都知道自己對孩子來說關係有多大。

有一位明智的父親，在寫給我的信裡，跟我作「父親觀」的交換。他說：『我不討論父親的好壞問題。我只討論影響。我也不討論好影響、壞影響的問題，我只討論「影響」本身。我覺得父親像是一家電燈的總開關，無論亮燈或者滅燈，都會影響全家人的行事。因為這個緣故，我認為父親的最大美德就是「不任性」。如果天下父親都知道他的一句話可以鼓勵一個孩子，也可以毀滅一個孩子，那麼他就不會亂說話。有時候，我甚至認為一個當父親的人必須隱瞞自己的情緒，原因就是怕那個可怕的「影響」。』

他的見解最令我佩服。有一次，有一位風趣的朋友對我說：『在家庭裡，一個木訥的父親甚至要勝過一個雄辯的父親，因為「沒有影響」要比「強烈的影響」好得多。強烈的影響只要出現一次壞的，子女就會受到很大的傷害。木訥的父親可能對子女毫無影響，但是至少不會傷害到子女。』這位朋友的想法，也就是我對父親這種「天賦的職位」的基本看法，所不同的是我不像他那麼消極罷了。

父親對子女的影響太大，這一點是毫無疑問的；但是在我的思想裡，並不特別強調父親責任的重大，認為天下的父親肩膀上都有萬斤重擔，必須盡一切的力量把子女培養成最傑出的人物、最偉大的人物。這不是人人做得到的。我關心的是「父親對子女有影響」這一點。因此我主張父親要時時保持清醒，對自己進行「影響的過濾」，珍視自己對子女的好影響，清除自己對子女的壞影響。

一位好父親應該是：在快樂的時候走進起坐間和子女說說笑笑，在傷心得要落淚的時候立刻躲進自己的房間；在心平氣和的時候和子女大談人生經驗，在憤怒的時候關起房門來捶枕頭。既然抑制自己的情緒有時候顯得那麼困難，隱藏不良的情緒至少應該做得到。這一切的一切，都是為了懼怕那個「影響」。對「影響」懷著戒懼的心情，是一個好父親的最基本條件。

有一個被稱為「怕女兒」的父親，有一次跟我說，他有一次跟一個不講理的鄰居吵架，本來氣勢壯盛，因為有理的是自己。不久，看到八歲的女兒也開門出來了，他覺得自己的氣勢立刻喪失了一半。後來，女兒扯扯他的衣襬說：『爸爸，我們回家吧！』那場架根本還沒吵完，誰站在真理的一邊也還沒弄清楚，他立刻就扔下一切，乖乖的跟女兒回家了。他說：『其實，我並不是怕女兒。我怕的是讓女兒看到我吵架時候那種猙獰凶惡的樣子。吵架當然是越凶越好，但是凶到引起女兒的羨慕，事情就不妙了。這會影響女兒一生的人際關係。我倒覺得應該多學學女兒的善良。』我很喜歡這位「怕女兒」的父親。他對「影響」保持清醒戒懼的心情。隱藏惡劣的情緒，目的並不是要向子女顯示自己是一個完人。最主要的是：怕那惡劣的情緒給子女壞影響，甚至傷害了子女。

父親和子女的關係是密切的。這種密切的關係使父親成為「最容易傷害子女的人」。別人對你的子女瞪眼、皺眉，甚至口出惡言，你的子女可能並不怎麼放在心上，頂多是生生氣，過後也就忘了。如果是你對自己的子女瞪眼、皺眉，甚至口出惡言，那麼子女的反應就不是生生氣那一類的了。子女可能難過好幾天，可能整夜失眠，甚至可能痛不欲生。這是因為父親在子女的心目中，分量實在太重太重了。別人對你的子女口出惡言，在子女的心目中就像是被蚊子叮了一下。你對子女口出惡言，在子女的心目中，就像是被獅子撕下半個身子。地位越重，傷害也越重。

父親跟子女談話，最好不要像講演，不要採取雄辯的方式。這是為了避免構成嚴重的傷害。人在情緒激動的時候，最容易說出不必要的「重話」、無意義的「重話」。父親跟子女談話，最好盡量說「輕話」。父親開口說話，不管子女的身體多強壯，在父親的話語前面都會立刻變成易碎的玻璃。父親跟子女說話，就像在一片薄玻璃上走路，不但不能頓足，甚至要設法用腳尖移步。

許多父親常常輕易對子女說出「你太讓我失望了」的話，忽略了這句話對子女的傷害有多大。父親因為是父親的緣故，可以對天下一切事、一切人感到失望，千萬不能對子女感到失望。一個人隨時都可以對另外一個人或一群人感到失望，另外的人也不一定很在乎。父親對子女感到失望，情形就不一樣了。那樣的話，在最嚴重的情況下，等於否定了子女生存的意義。好父親是不這樣傷害子女的。好父親對子女永不失望。如果子女真讓父親失望了，那也只是說明了當前的情況是：父親必須培養更大的耐心。父親和子女的關係是永遠不能登報「聲明作廢」的。

父親傷害子女有一千種方式，言語傷害只是其中的一種。

有一位父親說：有一年，他做生意失敗，賠了不少錢，有些沮喪。因為這個緣故，他竟變得懶得打扮，頭髮不常理，鬍子不常刮，出門穿衣服很隨便，渾身上下散播出一種頹喪失意的氣氛。有一個下雨天，他打了一把破傘出門，偏偏遇到兒子跟同學放學回家。那些同學們都看到了這位父親的窘迫相，兒子也難過了好幾天。

這位父親說：『我發現我的心理狀態也會嚴重傷害我的兒子。我得了一個教訓，為了不傷害我兒子，我必須活得愉快，活得積極。本來我以為我是我，兒子是兒子，我頹喪我的，他積極他的，後來才知道那是不可能的。我無意中傷害了我的兒子。』

有一位低收入的父親說：『我每月只能拿這麼點兒錢，我把好東西都留給念書的兒子吃，自己只吃些剩飯剩菜。兒子不幹，不肯上學，鬧著要去做工賺錢。後來我答應跟他一起吃飯，好菜一人分一半兒吃了，他才肯答應去讀書。』可見父親過分的奉獻犧牲，也會傷害了自己的子女，使子女不能心安，不能全力從事人生的奮鬥。這個特殊的例子，說明了父親不但不該粗心大意傷害了子女，同時也不能一廂情願的傷害自己，因為傷害自己、犧牲自己，差不多也等於傷害了子女。除了不給子女壞影響，不傷害子女以外，一個當父親的人還要懂得鼓勵自己的子女。我所說的鼓勵，完全跟子女的成就無關。

有一位父親說：『我的三個兒子，因為得了我的鼓勵，現在都是博士。你看，他們的成就都不錯吧？』

這當然也是很好的鼓勵成果，不過這並不是我想談的鼓勵。

有一位父親，他的兒子得了小兒麻痺症。這位父親每天下班回家，一定含笑去跟兒子說說話，問兒子學校裡發生了什麼有趣的事情沒有。這就是鼓勵。他的兒子的數學成績從來沒高過三十分。有一次月考，兒子的數學竟考了三十二分。他很愉快的摸摸兒子的頭，說兒子「了不起」！這就是鼓勵。

我所說的鼓勵，其實含有很濃厚的「不怨子女」的意味。自己的子女一直是「鶴立雞群」，自然一家歡天喜地，比較容易鼓勵。最崇高的鼓勵是：自己的子女一直是「雞立鶴群」，你卻能不失去愛心，仍然把他看成王子或公主，仍然熱誠的引導他從事向上的努力。這種鼓勵是令人動心的。這種鼓勵是只有真正的「父親」才有的。

我所說的鼓勵，不是「賀客」式的鼓勵。我所說的鼓勵，是指父親不論子女成就的高低，而能成為子女一生「永不變心的好同伴」。

這樣說起來，「父親」這個職位好像很難當了。其實並不是這樣。一位好父親，只要記住不給子女不良的影響，不無端的傷害子女，而且能夠不盤算子女成就的大小，只知道熱誠的鼓勵子女上進，這就夠了。

一位父親為了怕給子女不良的影響，行為一定端正，成為一個值得信賴的人。一位父親為了怕不小心傷害了子女，就一定要學習控制自己的惡劣情緒，那麼，他的人際關係也一定很好。一位父親為了要鼓勵自己的子女，不知不覺的也培養了自己樂觀向上的良好生活態度。

一個人往往為了要做個好父親而不知不覺的充實了成功的條件，愛子女是不會吃虧的。

# 好父親的條件

好父親的第一個條件是「公私分明」。他上班的時候必須盡心盡力，一回到家裡必須十分「家庭化」。

在我的「二十年代」，我在《讀者文摘》上讀到一篇有趣的文章。文章裡最使我動心的一段，是關於一位中將和一位上校繫著圍裙在各自的廚房裡洗盤子的描寫。他們打開廚房的後窗，隔著小院子，一邊洗碗，一邊談天。

這一段描寫，使我想起了很多很多的事情。

我想起現代家庭的一個沉重的精神負荷，那就是「偽裝」的負荷。儘管現代家庭早就沒有「古代的僕役」，但是家家卻要裝出古代的大戶人家那種養得起好幾個僕人的樣子。

你到一個家庭去訪問，看見地板擦得很亮。你越看越喜歡，越看越高興，但是你最好不要讚美。如果你不小心讚美了，也就算了，千萬不要認真打聽那地板是誰擦的。

其實，夫妻兩個下班以後，換上一套打算扔了的舊衣服，像兩個大孩子，有說有笑的跪在客廳裡擦地板，有什麼不對，有什麼不好？偏偏大家喜歡偽裝，希望訪客相信地板是家裡的僕人擦的。那個能幹的僕人，在家裡有訪客的時候，往往都是恰巧有事出門去了。

為了塑造這個「隱身僕人」，你可以想像得到一個家庭的精神負荷有多重。電鈴隨時可能響了起來，因此，一個正在為家庭服勤的先生，一個恩恩愛愛正在一旁協助的太太，為了怕這見不得人的事情被人撞見，所以精神都十分緊張。

現在大家都提倡「愛家」，可是又不敢公開的做家事，這真可以列為現代人的痛苦之一。我認為我們應該提倡一個「家庭化」運動，為男人設計一種像醫生的短罩衫那樣雅觀的家事服，鼓勵將軍、部長、理事長公開的做家事，在報紙上刊登他們做家事的優美儀態，有的洗碗、有的洗浴缸、有的拖地板、有的炒菜，讓社會知道在現在的小家庭制度下，什麼樣子才算真正的大丈夫——一個敢愛太太，敢公開為太太分勞的男人。

我們需要一個很大的改變，那就是，到一個人家去拜訪，你可以期待含笑出來開門的是穿著家事服的男主人，就像你自己一樣。這個觀念的改變，會使我們的精神獲得自由，不必再像過去，因為必須偽裝而痛苦不堪。

我主張好父親的第一個條件是「公私分明」，就是以前面的談論作我的思想基礎。

一位好父親在辦公廳的時候應該是團體中的一個堅實分子。他應該盡心盡力的工作，忘記了自己是一個有家的人。但是，他一回到家裡，就應該是一位父親，身上不應該再帶有辦公室色彩。他不應該再談公事，不應該使家裡充滿辦公室氣氛。他應該談的是哪一扇窗戶壞了，應該釘一釘；哪一個日光燈管壞了，應該換一換。他應該關心孩子都回家了沒有，鳥籠裡的食槽空了沒有。他應該讓孩子看得見他的影子，聽得到他的聲音；而且熱心的參與家事。他應該讓孩子們覺得是生活在一個「有父親的家庭」裡。

一位好父親一回到家裡，應該脫下外出服，換上工作服，立刻熱心的做起家事來。他不應該讓孩子對他有「坐著享受母親的伺候」的不良印象。現代家庭早已經沒有僕人。一位好父親應該極力避免孩子對他有「把母親當僕人」的誤會。一位父親，不管能力有多卓越，收入有多高，既然生活在一個沒有僕人的家庭裡，最好不要在孩子心目中留下一幅「好吃懶做」的畫像。

孩子們所需要的父親，不是一個高貴的客人似的父親。他們需要父親，是出門可以統領軍隊，入門立刻繫上圍裙的父親；是出門發表精采的演說，入門立刻拿起掃帚的父親。

周公是人人景仰的古代賢人。他的形象是彎腰駝背，矮瘦乾枯。我們有理由相信，他絕不可能因為那不英俊的外表而失去孩子們對他的敬愛。但是，如果他回到家裡還是「一沐三握髮，一飯三吐哺」，那麼，他的孩子們一定會對他相當失望。

再說第二個條件。

一位好父親的第二個條件是不要有太濃的獨身色彩。

父親既然是屬於家庭的，最好也能跟一家人水乳交融的生活在一起，他最好不要露出一副「有要事待辦」的樣子，使人覺得他正急著擺脫這個累贅的家。他的心靈應該向子女開放，不要為自己的心靈築圍牆。需要跟子女隔離的父親，不可能是好父親。

一個業餘在家裡寫作，在家裡研究學問，或者在家裡做實驗的父親，如果不懂得節制，過分執著於自己的興趣，就會逐漸跟子女疏遠，使子女感覺到受冷落，受排斥，那不是一種好受的感覺。

過分追求自己的成就而冷淡了父母的人，往往會受到「不孝」的譴責。過分追求自己的成就而冷淡了子女的父親，在大家的心目中就是「不慈」。

有些當了父親的人，儘管跟子女生活在同一個屋簷下，卻生活得像一個寄居的獨身者。他雖然身在家中，卻忘了有一個家；雖然已經有了子女，卻忘了自己是他們的父親。他全神貫注，追求自己的成就，勇往直前，把子女拋在一邊。他的成就，固然也使子女沾光，但是子女並不覺得快樂。對子女來說，這樣的父親只不過是掛在牆上的一幅傑出獨身者的畫像。

有一位父親，因為醉心趕寫一篇有分量的論文，兒子得了重病都無法叫他分心。工作完成以後，他發現他所寫的是一篇「值得用一個小生命去交換」的論文。評論家也許會說，這位父親為這篇論文付出了很高的代價；實際上，為這篇論文付出「很高的代價」的是這位父親的苦命的兒子。

父親不是一個獨身者，如果追求成就，那成就的歷程應該比獨身者長些，那成就的進度，應該比獨身者慢些，因為父親對子女有責任，這責任不該放棄。

並不是說一位父親不該追求成就，只是那追求應該採取一種「利用閒暇」的方式，不該是「拋妻棄子」。父親的追求成就，只應該是一種對子女的教育，一個示範。他告訴子女怎樣利用閒暇做有意義的事，不使光陰虛度。他應該不在乎虛名，不在乎速度，因為他已經是一個負有神聖使命的父親了。

貝多芬是一位偉大的獨身音樂家。他的卓越的成就，來自他對創作的狂熱和心力的專注。我們有理由相信，如果他結婚，一定會毀掉自己的天才，同時也毀掉一個家。我們可以想像得到，他的暴躁的脾氣，以及那一部終日吵鬧、永不休息的鋼琴，如果不造成太太和子女們的精神崩潰，至少也會使他們個個成為聾子。坦誠的說，我因為同情天才，所以總是希望天才不結婚，免得害人又害己。他不必擔心「無後」，全世界喜愛音樂的人，都是「他之後」。如果他一定要結婚，最好是找一個願意焚燒自己來為天才照明的偉大女性，而且他的子女必須跟他隔離，交給有好父親的家庭去撫養。他跟子女，只能有定期的會面，而且時間隔得越長越好。

現在再談第三個條件。

一位好父親的第三個條件是要做子女一生的「永不變心的朋友」。

最偉大的父親的形象，不應該是一個「法官形象」。父親對子女的愛是沒有條件的。他不只是對待一個孩子這樣。他對待所有的孩子都一樣。因此，他永遠用使子女無可奈何的「和稀泥」的態度來對待子女彼此間的爭執。

一位好父親應該像家庭裡的小太陽，照亮有成就的孩子，也照亮沒有成就的孩子，因為他知道有成就的孩子需要永不變心的朋友，沒有成就的孩子更需要永不變心的朋友。他愛參加聯考成為榜首的兒子，也愛連考七年永遠「名落孫山」的兒子。他不以學位的高低來調配愛的濃淡。一位好父親必須是出現在聖經「浪子回頭」故事裡的那個父親。他愛節儉勤勉、只問耕耘不問收穫的大兒子，也愛荒唐任性、揮霍無度、流落他鄉的二兒子。他完全沒有「賞罰分明」的觀念，因為他是世界上最庸碌的法官。他只相信感化，相信愛的公平而不是判案的公平。

在一位好父親的心目中，「愛」就是家中唯一的「法」。對一個不懂道理、恃寵而驕、以身試法的孩子，好父親並不立刻「繩之以法」。他有度量、有耐心，總是盼望著用愛去感化，總是含淚準備隨時提供「紅十字會」似的援助，希望孩子從自己的行為和遭遇中學會一點道理。他區分了家庭和法庭。

一位好父親永遠不用勢利的眼光來看待自己的孩子。他雖然也很喜歡跟人談起自己那個有成就的孩子，但是人人都看得出來，這只是為了某一種公平原則。他更關心的，似乎是另一個毫無成就的孩子，但是他設法隱藏這種「不公平」。

好父親和壞父親是很容易區分的。好父親常常受到有傑出成就的子女的埋怨，埋怨他不肯付出子女所期待的最高度興奮。壞父親正好相反，他跟有傑出成就的子女同樂，心中根本不為沒有傑出成就的子女留地位。

好父親永遠不介意子女天生的缺陷。他是這世界上唯一敢愛那個人人想疏遠的不幸孩子的人。他在孩子還沒出生的時候已經深愛那個孩子，因此，他絕不會因為那個出生的孩子是個醜陋的「象人」而變了心。他也許一度會為自己的「遭遇」傷心落淚，但是立刻就發現真正遭遇不幸的是那個孩子。他會在頃刻間把自憐化為對那孩子的一生的奉獻。

我所開列的好父親的三個條件，很容易給人一個錯覺，認為那是高談闊論。實際上這三個條件，卻是我在父親節的前夕，坐在書桌前，跟我所認識的人間的好父親們神交，懷著虔敬的心情歸納出來的。

# 現代父親

一位「現代父親」應該有一部汽車，而且自己會開，而且開得很好。如果不是這樣，他就沒辦法應付下面的情況：

他穿著睡袍，臉還沒洗，頭髮還沒梳，鬍子還沒刮，像一隻很髒的獅子，坐在客廳的沙發上發愣，不知道是先看手裡的報紙好，還是先回答「媽媽」問的「你打算怎麼吃你的早餐」的問題好，忽然電話鈴響了。

電話裡的孩子說：『爸爸，糟糕啦，我忘了帶體育制服到學校裡來。老師要罵的。你能不能馬上給我送來？越快越好！』

『什麼時候要用的啊？』他說。

孩子很著急，帶著哭聲回答：『現在！』

他全身的肌肉緊張起來，安慰那孩子說：『你別慌，聽到沒有？我馬上給你送到。』

這隻很髒的獅子在孩子的房間裡找到了體育制服，立刻走進汽車，按一按電鈕，呼的一聲，車子衝出巷口，走上六線大道，不到「一盞茶」的工夫，人已經到了學校，體育制服已經到了孩子手裡。

一位現代父親應該要很能接受孩子的批評。那天下午，孩子回家了。現代父親很得意的問孩子說：『怎麼樣？我送得夠快了吧？』

孩子說：『爸爸，請你以後別再這樣好不好？同學都說你好像是剛從床上走下來的。』

『對！這是我的錯。』他應該這樣回答。

一位現代父親應該很會喝咖啡，隨時保持自己的清醒。他應該在晚上陪陪那個睡得最晚的孩子，在清晨陪陪另外一個起得最早的孩子，不然的話，總會有一個孩子埋怨他貪睡。

孩子的同學會問他的孩子說：『你父親有什麼不良習慣？』

一個孩子會回答說：『貪睡。我功課還沒做完，他已經「蒙頭大睡」了。』

另外一個孩子會回答說：『貪睡。我已經要上學了，他還「高臥不起」。』

一位現代父親，最好是永遠很有精神的坐在客廳裡。

正因為現代是一個「鼓勵批評的時代」，所以一位現代父親對自己的服飾、自己的體重，都應該有隨時調整的準備。他應該有一套華麗的衣服，一套素淡的衣服。他應該能適應在第一天節食，在第二天加餐。現代的孩子，都很重視「父親的美感」。

一位現代父親應該是一個高收入者，這是因為現代的孩子都「很不重視金錢」，他們只重視需要跟供應。一個低收入者很難完美的負起父親的責任。現代父親每天都應該很細心的看報，注意報紙上有什麼新鮮東西正在開始流行，然後預先準備好一筆「流行基金」。不然的話，他會「使他的孩子落伍」，那是一件很不好的事情。

這個高收入者卻又必須是每天沒有什麼重要事情要辦的。如果他事情太多，老是待在外面，孩子就會疑心他是在逃避某一種責任。現代父親都不再是古老的紳士，不應該再有什麼「紳士俱樂部」要他去出席。換句話說，現在父親既然是家的精神堡壘，這堡壘就應該好好兒的矗立在家裡。一個現代父親，不管多年輕，都應該處在一種「半退休狀態」，「沒事情」的時候，他可以去上班，一旦有事，他一定在家。

還有一件事情也是很要緊的。他不應該老是忙著賺錢，荒廢了父親的職責；但是他也不該老是沒錢，忘掉了父親的義務。許多熱心的現代父親為這件事情抱怨，其實不必抱怨，這是現代社會大大提高了父親在家庭「裡面」的地位的結果。

孩子到了心理學上的「反叛的年齡」，他就會用客廳裡那座電視機批評你的態度來批評你。電視機使父母跟子女在同一個時間裡受同一種「教育」。電視機諷刺一個在外頭荒唐的父親，使你看得非常開懷，哈哈大笑；但是你的孩子卻用疑惑的眼光盯著你，使你忽然發窘，從此再也不敢單獨出門。

這些風趣的諷刺喜劇，本來是要讓所有的父親開懷的，但是它卻在孩子的心裡一筆一筆的畫成了一幅「父親的畫像」。悲劇更不用說了。悲劇裡那些酗酒的壞父親，使你連喜酒都不敢去吃。如果你去了，而且真喝了兩杯酒，臉紅紅的回家，孩子就會認為你是個「凶酒」的壞人。甚至連偉大的戲劇都會使你蒙受想像不到的傷害。偉大戲劇裡的偉大父親，本來是要用來「改變你的氣質」的，但是它卻使在一起「聽課」的孩子心裡有「我的父親不如人」的深刻感受。因此，一個現代父親最要緊的就是學習在「電視世界」裡過平安快樂的日子。

電視使孩子對父親起疑，所以孩子到了反叛的年齡，父親就有更多的罪好受。孩子總是設法要把父親納入某一種類型，而且無論哪一種類型都絕不會是好的。

在這個人生階段，一位現代父親必須像一個「大法師」，能夠一下子隱身不見，也能夠一下子突然現身。在這個艱難的人生階段，如果他太關心孩子，對孩子的飲食起居多問兩句，孩子就會把他納入「嘮叨型」。如果他因此完全不敢過問孩子的飲食起居，孩子就會把他納入「自私型」。如果他在生氣的時候看見孩子來了，就趕緊改容相待，孩子會把他納入「虛偽型」。如果他為了保持自己的率真，仍然怒容滿面，孩子就會把他納入「暴君型」。如果他好談人生的大道理，孩子會把他納入「說教型」。如果他只說笑話，孩子就會把他納入「輕浮型」。如果他拒絕孩子的要求，孩子會把他納入「專制型」。如果他再也不敢拒絕孩子的任何要求，孩子就會把他納入「懦夫型」。如果他節省一點，孩子會把他納入「吝嗇型」。如果他乾脆鬆開腰包，孩子又會把他納入「浪費型」。

一位現代父親，最好能在孩子對他不滿的時候，突然隱身不見，可是在孩子要他跑腿的時候，又能突然現身，像阿拉丁神燈裡的那個精靈。

一位現代父親必須具備許多的條件，其中最難的就是要有相當程度的心理學知識。這個心理學知識並不是用來哄孩子的。它的最主要用途是減輕孩子的痛苦與自己的痛苦。這種知識能使你不埋怨孩子，同時也能使你不覺得自己受了委屈。在孩子精神緊張的時候，你知道怎麼幫他解除環境的壓力。在你自己精神緊張的時候，你知道怎麼使自己掙脫環境的壓力。心理學的知識能防止各式各樣的「爆炸」。

也許有人會以為做一個這樣的現代父親太沒意思了，其實並不。父親跟孩子，都是同一個環境的產物。當父親不容易，當孩子也不容易。現代父親跟現代子女都可能在畢業的時候有一份很壞的成績單。但是大家只要回想那艱難的歷程，心中都會湧起一股暖意。一個在現代世界裡迷失過但是終於掙扎過來的孩子，一回想到當年父親為了照顧他而弄得狼狽的情形，一定會承認那樣的父親才是一個真正值得敬愛的父親。在他肯定了這件事以後，他也就有勇氣像他父親那樣的去承擔自己未來的責任了。

# 「爸爸這個人」——給一位「父親」的信

兩千多年前的楚國人「老萊子」，二十多年前就已經是我心中的一位「多采多姿」的人物。他是人類「服裝史」上穿「童裝」穿得最「久」的人，一直穿到七十歲，目前還沒有第二個人能打破他造成的紀錄。同時，他又是「應用心理學」裡的「父親心理學」的最早的專家。同時，他又是戲劇史上第一個為丑角兒樹立「仁愛」的精神傳統的「最偉大的小丑」。同時，他又是體育史上第一個證明「愛心」可以延長一個運動員的「運動壽命」到無限的人，特別是在「體操」這方面：他七十歲還能在地上打滾兒，做「無墊運動」。

我特別重視的，是他在「父親心理學」方面的成就。他用他崇高的行為，證明了世界上所有的父親，都有「一方面無限制的供給子女充分的營養，一方面又盼望子女永遠不長大」的矛盾心理現象。

除了少數的例外，所有的父親都認為他的子女「永遠是七歲」，都認為他的子女是童話裡的永遠不長大的「潘彼得」。這種心理現象是非常「感人」的。

許多天性真摯的父親，都是在子女來告訴他已經有女朋友或男朋友，希望他「幫忙鑑定鑑定」的時候，他心中還在盤算著給子女「買一個大一號的搖籃」。

這種心理現象是可以「分析」的。父親跟子女情感最好的時候，是子女還在「童年」的時候。父親是無限制的愛的「施與者」，子女是無限制的愛的「領受者」。父親根本用不著去考慮「怎麼樣去愛子女」的問題。愛就是愛，愛是最「真」的，為什麼還要「限制」？幼小的子女也幾乎完全同意父親的看法；雖然實際上是他們還小，並沒有什麼「同意不同意」的問題。

在子女幼小的時候，父親說：『上街啦！』子女就會像他們在作文簿上所描寫的「高興得跳了起來」。但是總會有那麼一天，這父親會突然遇到一種完全不同的情況。

父親說：『上街啦！』但是並沒有誰「高興得跳了起來」。父親不得不用另外一種「句型」來說話：『珍珠，我想到街上去走走，你去不去？』他所得到的答覆，很可能是：『爸，您一個人去吧。我得趕一趕功課。』

這時候，父親就會覺得有點兒失意，心裡會有「落寞」的感覺。這種「父親心理」，除了智慧極高的「老萊子」以外，一般的子女是不容易察覺的。

一位好母親，第一次注意到幼小的子女吃過奶以後，就極力想掙脫母親的懷抱，好「爬」出去玩玩的時候，她的感覺也完全一樣。這種感覺，只有成人才體會得到。子女更不知道了，因為那幼小者還在「吃奶」，還「乳臭未乾」哪。

在舊時代，因為人類的有關「少年學」跟「青年學」的知識非常貧乏，所以對這種小規模的，王文興所說的「家變」，也不知道該怎麼辦。唯一的辦法，就是苦苦盼望子女個個都能學學智慧極高的「老萊子」，好好的去體會父母的情感。這對「跟小動物差不多」的幼小者來說，簡直是「不可能」的。

但是在現代，人類對於「少年學」跟「青年學」的知識已經相當豐富：這主要的是心理學家的貢獻。人類已經懂得「自我反省」了。

一個能夠成長到「智慧的高年」的人，都能心中懷著感激，知道他的能夠有今天，完全是「轟轟烈烈的中年」造成的。一個中年人，會回想他的「充滿理想」的青年期。一個青年，會回想他的充滿「蛻變的掙扎」的少年期。一個人能夠對各種不同階段的「成長期」充滿了研究的興趣，就會產生「同情」跟「了解」，填平「代溝」。

一個正在「中年」階段的父親，如果能具備「父親心理學」的知識，同時對「少年心理學」有濃厚的研究興趣，那麼，就可以緩和他跟子女的衝突，懂得處理那小規模的，王文興所說的「家變」。

在現代，因為「語言學」跟「學習心理學」的進步，人類已經懂得在科學知識的「照明圈」內運用語言，從事著述；因此，兒童有兒童讀物，少年有少年讀物，青年有青年讀物。我們中國人所以毅然的，甚至是忍痛的「拋棄用古老的文言寫作」，也完全跟科學的進步有關，跟「應用語言學」知識的啟示有關。

那麼，我們也有理由盼望一個「少年人」，能有一點「少年心理學」的知識，能對為少年寫的「父親心理學」有濃厚的研究興趣。只有知識，才能增進了解，才能填平「代溝」，才能造成和諧，我們現在最需要的是「書」。

一個「少年人」，跟他童年的照片上的那個「人」，是完全不同的兩個「人」。照片上的那個「人」是父親的衛星，那顆星的軌道是父親的引力造成的。現在的這個「真人」，是一顆「新發現的星」，正處在「混亂狀態中」，但是很快的就也會有自己的「太陽系」了。

你的來信說，你有一天聽到你的孩子對你的批評：『爸爸這個人……』你忽然覺得很難過。你說你覺得你自己彷彿已經不再是他的父親，只是一個不相干的陌生人，只是他的「觀察對象」。

你說：『從前的子女都不是這樣子的！從前的子女都很……』你的話使我想起真正的「從前」，使我想起「舜的時代」，想起「舜」的異母弟弟「象」——他是個很壞的年輕人。

我認為孩子觀察他的父親，是他學習做人「必有的過程」。如果他不觀察父親，他怎麼能學習真正的「善惡標準」？

每一個年輕人都不喜歡「六法全書」。他們都喜歡「一法全書」，因為這比較簡單，比較省事，比較容易控馭。在他說「爸爸這個人……」的時候，他用的是「一法全書」。他觀察得不夠周到，還不能真正欣賞你的優點。他看到的是你的缺點，而且加以誇大。這要等到他自己也長成一個「大人」的時候，他才能夠了解你為人的優點，才能夠寬恕別人的許多缺點，像你現在一樣。

你的孩子現在還不到交「人生論文」的時候。他現在所有的，不過是一份草稿，這裡頭有許多是將來要刪的，有許多是將來要改的，甚至很可能要全部改寫。你為什麼不能容許他有「起草」的權利呢？

你的孩子是一個很聰明的孩子，我相信他將來寫成的「人生論文」一定不會使你失望。你最好不要扼殺他「探討善惡問題」的生機。「誤解」是難免的，但是「觀察」卻是成長過程中絕對必需的。

你為什麼不多多給他機會，讓他偷偷兒的觀察你呢？

只要你真誠的愛他，他的「觀察」，不是也等於給了你「無聲的表達」的機會嗎？

我違背了你的願望，並沒去「勸勸他」，反倒勸起你來了。你知道這是為什麼嗎？這實在是因為我接觸孩子的機會比你多。在孩子「必須」觀察我的時候，我知道我應該趕緊「站好一點」，讓他觀察，像一個「對照相不抱反感」的人所做的一樣。

# 兩代

雖然在年齡上我已經是夠資格的「上一代」，因為我也有兩個「在高中裡」的孩子，但是最有趣的是我的「常常寫信向我訴委屈」的朋友，卻都屬於「下一代」，屬於「從某個角度看起來是我的敵對的一代」的那一代。

我是同情「下一代」的。我對我的「同一代」相當苛求。這是因為我認為「兩代關係的和諧」，必須靠「比較懂事的一代」的努力，不能靠「比較不懂事的一代」來奮鬥。

對年輕的孩子來說，「從小孩兒變成大人」這一段生長歷程是痛苦的。可惜的是每一個年輕的孩子都不知道，他自己的「從小孩兒變成大人」這一段生長歷程，也會給父母帶來痛苦。這種痛苦，性質上等於「家庭裡共同的痛苦」，不單屬於「下一代」。

對這件事情的最好的比喻是「出麻疹」。在麻疹疫苗沒正式應用以前，孩子出麻疹等於家庭裡大難臨頭。孩子痛苦得不得了不必說；父母白天要輪流請假，夜裡要輪班守候，在焦慮中忍受著肉體的痛苦。那時候，兩代的關係是「對立」的：孩子全身發燙，恨不得把被臥都踢光；父母怕孩子感冒，一次一次「令人冒火的」把被臥往孩子身上蓋。

用現在流行的古裝電視劇裡的對白來說，那時候的那個孩子，一定會認為父母是要「加害於他」。他渾身發燙，呼吸困難，父母反倒一層一層的往他身上蓋被子。這當然要引起他的憤怒。有些孩子，在「父母要把他悶死」的錯覺中，抬腿踢父母，以便逃生。

所有正常的父母，在那苦難當頭的時候，都得「毫無怨尤」的去挨孩子加在他身上的「中國功夫」。如果他竟因此大怒，訓斥孩子「不孝」，大家會認為他是瘋子。所有的父母，在那個關頭，都要忍受那「野蠻的孩子」像他平日忍受蠻不講理的上司。

災難過去，孩子「退燒」了。孩子感覺到自己已經「從災難中活過來」了，第一次「清醒的」，柔順的，含笑喊一聲「媽」，喊一聲「爸爸」，跟他最親近的人打招呼的時候，常使飽受委屈的父母感動、感激得掉下了眼淚。

因此，對於「兩代的不和諧」，依我的看法是：在大難臨頭的時候，家庭裡各分子在驚慌失措中「互相傷害」的行為所造成的。我苛求我的「同一代」了解這個事實，苛求他要「處變不驚」，苛求他寧可忍受「在痛苦中失去理性的孩子」的那一「踼」，不要做一個「踼孩子的人」。

凡是讀過荷蘭籍猶太女孩子從十三歲到十五歲所寫的《安娜．弗朗哥的日記》的人，都知道她在生長的過程中心理上第一個最可怕的變化是「對父母的不原諒」。她那個年齡，正是我們所說的「反叛的年齡」。那個可愛的女孩子，逐漸的用一種「尖酸刻薄而且無比冷酷」的眼光來觀察她的父母。

我自己也經歷過這個階段。現在，我檢討自己的缺點，不得不承認我父親是一個有崇高品格的人，不得不承認母親對我的慈愛。但是在當時，父母親在我心目中的天神一樣的地位，卻一下子降落到幾乎等於「一文不值」，甚至跟別人的平凡的父母相比都不如。

為什麼會那樣？因為我那時候心理上有「要揭穿人生真貌」的傾向跟衝動，我「已經長大」，要看穿「人」跟「人生」，因此必須把幾個人跟幾件事放在手術檯，最方便的對象當然是最親近的人跟最熟悉的事，那就是指自己的父母跟家裡的一般活動。那時候的孩子，解剖父母幾乎就等於上生物課解剖青蛙。

安娜．弗朗哥在日記裡很無情的批評母親，把盡心照料她的母親，形容成嘮叨、無聊跟庸俗。她起頭對父親還留點兒情面。後來父親因為長期躲避納粹的迫害，心情煩躁，為小事發脾氣，安娜．弗朗哥就「被激怒」了，開始在日記裡批評父親，再也不認為父親是「理想」的了。

我有時候覺得這是一件很有趣的事情：一個孩子要學習獨立思想，學習冷靜客觀，本來是好的；但是孩子往往把具備了「對他最方便」，而且「恰好又有權威」的這兩個有利條件的父母拿來做「試驗品」。

孩子要反抗權威，一定會不知不覺的先拿父母做具體的對象。孩子要剖析人，一定會不知不覺的從自己的父母開始。孩子要學說「大人話」，也一定選上自己的父母做「反應測驗」。

所謂反抗權威的最具體的好例子就是對不合理的事情，他敢提出異議。所謂剖析一個人，就是區分善惡。所謂「說大人話」就是「對成熟的適應，對幼稚的擺脫」。這都是「生長」所必需的。不培養這些美質或能力，一個孩子就永遠長不大。問題是：孩子在痛苦中，在烈火中鍛鍊這些能力的時候，使他的父母受罪。這就跟孩子出麻疹使父母受罪一模一樣。

沒出息的孩子會「一輩子」依賴父母，一直到自己成為「五十歲的大孩子」還振作不起來。這種柔順的孩子，在五十歲以前必定很受父母「歡迎」，可是到了他過五十歲生日，蛋糕上插了五十枝小紅蠟燭的那一天，父母就要咳聲嘆氣了。

「反叛」的真正含義就是「脫離母枝」，目標是「獨立生長」。這也是一種「生命的奧祕」，不過孩子並不自覺。父母很容易在孩子追求「成熟」的歷程中表現出自己不是「成熟的父母」。這就像一些不成熟的上司很害怕屬員有獨立處事的能力一樣。他因為忘了屬員有獨立處事的能力，他的事業就可以做得更大，所以反而百般阻撓屬員成熟。

我同情「下一代」，主要的原因是我了解他的痛苦。他被「生命的奧祕」帶進了一個「完全孤立」的境界。他不退縮，經過一番掙扎以後，就決定「迎上前去」。他的心境是孤寂的。他的勇氣是使人心酸的。父母如果知道他是怎麼莊嚴的聽從「生命的奧祕」的神聖號召，一定會感動落淚。

一個小孩子由十五歲起，就得克服自己的懦弱、恐懼跟依賴，從反抗「生命的奧祕」的號召開始，經過一番掙扎，變成接受那個號召，最後，如果運氣好的話，才是那甜美的「成熟的快樂」。

父母處理孩子的這一場「大麻疹」，是要特別謹慎的，其中的祕訣就是「處變不驚」。

做父母的要學習忍受孩子對他的嚴苛的批評，在嚴苛的批評中更加珍惜自己的品格，安心的努力工作。孩子的那些批評，有時候會使你想到你的「蠻不講理的上司」。

父母不要「干涉」孩子的任何「決定」。這些「決定」儘管有時候是錯的，但是對孩子的成熟卻「非常重要」。父母也可以批評孩子的「決定」，如果那孩子夠「彆扭」的話，不過要記住那僅僅是批評，並不是「推翻」。

有一位好父親聽到孩子「決定」一天要只睡三小時，好全力應付學校的考試，就哈哈大笑說：『好吧，你試試看。你一定會吃不消的。』他並不繃著臉說：『為了你的健康，我絕對不許你這麼做！』

至於天性懦弱的孩子，父母最好連批評也不要批評，更不要說「禁止」或「推翻」，因為父母的干涉會使孩子永遠長不大。父母甚至應該設法鼓勵這種孩子做決定，然後表示出極大的尊重。

父母不要「太」照顧這個階段的孩子。這個階段的孩子都有「天降大任」的預感，都喜歡苦思，挨餓，受凍跟「大丈夫」氣概。父母的柔情跟照料，等於破壞他們的「閉關修練」，會「激怒」未來的大丈夫。

有一位賢明的父親說：『給十七歲的孩子應該享受的自由跟尊重，並不等於「放任」。十七歲的孩子並不是不需要「愛」。他們的苦惱是父母幾乎都不懂得怎麼去愛十七歲的孩子。兩代不和諧的根本原因，就在一個「愛」字。』

我認為他的話是對的。父母的痛苦是：孩子在十七歲的年齡不再像七歲那樣的接受父母的愛和安排。子女的痛苦是：父母在他「已經」十七歲了的時候，還相當「懷古」的，強烈的要他接受「七歲孩子所接受的」那種愛。如果兩代為這樣的事情「決裂」，那不是很可笑嗎？我苛求我的「同一代」研究「怎麼去愛十七歲的子女」。

# 「代溝」寓言

約翰跟瑪麗小兄妹兩個心情都不大好，因為他們發現一向對待子女非常和氣的雙親，最近竟跟子女鬧起「代溝」來了。

約翰有點兒憤怒，因為他是「男生」，有男性的自尊：『我一向很關心他們。我加入校隊，努力踢足球，完全是為了他們。他們完全辜負了我的一片苦心，竟跟我鬧起代溝來，實在太使我失望了。』

『我還不是一樣！』瑪麗說。『我大賣力氣去背書，任何考試都拿第一，滿以為他們會有一點感激的表示。誰料到他們對這些事一點兒也不關心。哎，天下子女心哪！』

『現代的父母，最使子女傷心！』約翰說。

『也許這是我們太關心我們的責任，忽略了對父母的關切的緣故。你想，父母每天回家總見不到子女。他們寂寞，得不到愛的滋潤，失去了安全感，當然就會有自暴自棄的心理。』瑪麗說。

『那麼你叫我怎麼辦？』約翰說。『難道要我把足球也放棄啦？』

『不錯，我就是這麼想。』瑪麗說。『你應該放棄你的足球。我也應該放棄我的考試。我們每天應該有更多的時間留在家裡，設法使他們得到家庭的溫暖，使他們不寂寞，而且獲得充分的愛。』

『如果我完全放棄了足球，我就什麼也不剩了。男生總是男生，叫一個男生整天守在家裡，不是好辦法！』約翰說。

『如果你不肯照我的話做，你就會完全失去了他們。』瑪麗說。『你不會成心讓他們走入歧途吧？』

『當然不。可是我不放棄足球，一樣也可以關心他們哪！』約翰很不以為然的說。

『那是不夠的。他們所需要的是完全的愛。足球是他們的敵人，足球使他們覺得不安全。你知道媽媽怎麼說嗎？有一天，我看媽媽一個人坐在客廳裡看報。我覺得這是跟她好好兒談一談的好機會，就走過去坐在她身邊。』

『她怎麼樣？』約翰問。

『她放下報紙，像對待陌生人那樣的瞪了我一眼。我問她最近生活過得怎麼樣，有什麼困難沒有，有事可以儘管告訴我。我跟她說，「我跟約翰是無時無刻不關心你的」，「希望你信任我們，不要把我們當陌生人看待」。你猜她怎麼回答？她說，「你還是少浪費你的時間吧。你關心的是考試，約翰關心的是足球。你們從來就沒關心過我！」聽了那句話，我的一顆心都要碎了！』

約翰聽了，趕緊說：『我也有相似的經驗。有一天，我在樓梯口遇見爸爸。他低著頭，表示「最好各管各的事」，不希望我去跟他囉唆。我說，「爸爸，我們應該設法互相了解一下，任何困境都是有辦法解決的。」他翻翻白眼說，「你去踢你的足球去吧，何必為我浪費時間！」』

瑪麗說：『唉！』

約翰說：『我極力忍耐，勸他說，「也許我們彼此都有錯，不過至少你可以相信我是關心你的。」想不到他忽然激動起來，回答說，「你不過是為了滿足自己的虛榮心，把我當作工具。你關心的是我什麼時候能成為百萬富翁，對不對？」你說我該怎麼辦？』

『也許他們是受到「嬉皮」的影響。他們對下一代都不滿意。我覺得最近演父親的電視演員頭髮都太長了，褲管兒都太瘦了。』瑪麗說。

『我的看法是他們受到不良書刊的影響，所以他們對一切都不滿意。』約翰說。『至少我覺得，現在和和氣氣，誠誠懇懇的父母太少了。這跟他們的讀物有關。我們實在應該多提倡優良成人讀物。我們應該在成人文藝作品裡刻畫子女對父母深摯的愛。我們應該以暗示來代替赤裸裸的說教。』

『我們兩個也應該切實的檢討一下。』瑪麗說。『我們總是在父母面前吵架，這是很不好的。我們應該給他們美滿家庭的氣氛，給他們充分的安全感。你注意到沒有？現在爸爸、媽媽下班都晚了。這裡頭就含著某種「逃避傾向」。這是我們應該馬上改進的。』

『現在當子女是越來越難了。你一切都按規矩去做，可是沒有一個地方不出問題。最難受的是，不管你怎麼努力，你總感覺到父母心中那種「不滿意」的壓力。到底我們什麼地方做錯啦？我對未來，懷著很大的隱憂。』約翰說。

『我們最好去請教美國的「未來社會學」家。他的名字叫什麼？』瑪麗問。

『阿爾文・塔佛勒博士。他寫過《未來的振盪》。那本書很厚。那麼厚的書，總會有一點道理。』約翰說。

一連三天，約翰跟瑪麗祕密的忙著託人幫忙，設法向塔佛勒博士「取得一次約會」，他們「達成了願望」。

塔佛勒博士看起來很年輕，樣子很像一個電影明星，跟書中那一幅簽名照片完全一樣。

『我已經接見過上萬個像你們這樣的子女。他們都對父母不放心，而且都覺得自己有罪，覺得自己傷害了父母。其實你們是無辜的。』塔佛勒博士很和氣的說。

『我應該不應該馬上放棄足球？你知道我對足球的興趣是很濃的。不過，如果我放棄足球就能使父母快樂的話，我願意放棄。』約翰說。

『我也一樣。如果要我放棄「名列前茅」，我也願意。博士，你知道我重視考試完全沒有什麼不良動機在內。我是兒童，我好勝，而且精力充沛。我把「考第一」當作無害的遊戲，希望得到一些讚美。』瑪麗說。

『我們都很愛我們的父母。我們不願意有「代溝」擋住我們奉獻給父母的愛。』約翰說。

『「代溝」使我柔腸寸斷。「代溝」使我們不自然。』瑪麗掉下了眼淚。

『「代溝」跟道德問題無關。』塔佛勒博士很沉靜的說。『可憐的孩子，你大概是讀過某些不良的成人讀物了。那些傻瓜使你們覺得有罪，覺得對不起你們所愛的父母。其實你們是純潔無辜的，你們不必害怕。』

『那麼，這討厭的「代溝」到底是什麼？』約翰是男生，所以比較喜歡「發出問題」。

『「代溝」的產生，是「對環境的適應」。社會有了變動，家庭裡就出現代溝。這跟發生流行性感冒一樣。就拿你來說吧，如果你天天參加足球大賽，你就會越來越睡得早。一年以後，你就會變成一個「不在球場，就在枕頭上」的人啦，因為你「踢」得筋疲力盡，要隨時儲備精力。瑪麗不踢足球，所以也就不能體會你的「痛苦」。她會覺得你中午十二點就洗澡，道「晚安」，上床去「過夜」是不可思議的。你只比她大兩歲，但是「代溝」就來了。這只是一個例子。』

『那麼我們該怎麼去對付「代溝」？你知道我是很愛父母的。』瑪麗說。

『很簡單。你只要去「適應」代溝就行了。你最好讀點兒生理衛生跟心理衛生的優良成人讀物。你的父母回家又累又心煩，你就讓他靜靜的休息，由他愛幹什麼就幹什麼就是了。不過，我倒希望像你們這麼聰明的小兄妹，將來長大能幹我這一行，幫我研究人類應該怎麼對付急劇變動的社會，怎麼迎接未來的振盪。你我都對人類未來的幸福關心，都有愛心，都能冷靜觀察社會的變化，都能在狂奔的馬群裡研究馬應走的方向。我們的「代溝」不是「小」得多了嗎？』塔佛勒博士說。

# 孩子是一顆奇異的種子——懷念我的父親

『我的父親已經不在人間。』這是我必須隨時提醒我自己的話，因為，在我的感覺裡，父親一直生活在我身邊，而且那感覺永遠是那麼真實。

在父親心目中，他的兒女都是一顆顆奇異的種子。我也不例外，也是他心目中的一顆奇異的種子。不管我怎麼回想，怎麼追索，一直到現在，我仍然找不出一絲絲父親一定要把我塑造成什麼樣的一個人的痕跡。我不得不滿懷感激的說，父親給我的最珍貴的東西就是一個「我」。在我的童年時代、少年時代，我就已經能夠感覺到父親非常尊重我的想法，儘管我的想法跟他完全不一樣。

父親是一家貿易公司的重要股東。那家公司做的是中日間的貿易，營業非常穩定，每年的股息足夠維持我們一家豐足的生活。公司設在日本神戶，股息每年由日本匯到我的故鄉廈門。有一年，公司的業務遇到一點挫折，股息遲遲不寄來。父親告訴母親生活要節約一點。這個決定影響了我每星期一次的一場電影。我熬過了兩星期，到了第三個星期天，廈門有名的思明戲院正在放映《金銀島》。我就去找父親，說明這場電影對我的重要。父親很驚異的聽完了我的話，含笑對我說：『你真的覺得《金銀島》對你有那麼重要嗎？』

我很堅決的說：『是。』

他立刻就把買票的錢給了我。在我過去的日子裡，能使我用最虔敬的心情去欣賞的一部影片，就是《金銀島》。

父親是個勤奮的人，並不打算一生靠股息過日子。他喜歡化學，為了發展自己的興趣，創辦了一家「光明工業社」，製造香水、雪花膏、爽身粉。他習慣早睡早起，每天吃過晚飯後就開始打盹兒，勉強跟一家人閒談兩句，就立刻上床去睡。清晨四點鐘，他起來了，點著燈在大書桌前閱讀化學著作。我的生活習慣則完全相反，喜歡跟著母親閱讀文學讀物到深夜，一直讀到書從手中滑落床下。父親對我這生活習慣，只發表過一次感想。『你怎麼有本領熬到那麼晚。』他說。

另一方面，父親要是興致來了，夜裡跟我們說多了話，忘了去睡。我會說：『爸爸，快九點啦！』

父親聽了，會流露出一種無法抑制的感激和愉快，連聲的說：『對對對對！』高高興興的回房去睡。父親希望我能成為一個化學家，但是我希望我能成為一個作家。他曾經給我買過一個「少年化學實驗箱」，我做過幾個小實驗以後，就失去了興趣。他知道了，並不介意，仍然高高興興的帶我逛書店。我選我喜愛的書，他付款。從我的少年時期起，父親和我，幾乎是各看各的書，各自發展各自的興趣。他很喜歡買書，也給了我這個權利。有時候，父子一起去書店抱了一大堆書回來，我抱的是我的書，他抱的也是我的書。他並不因此覺得不愉快。

有一位親戚為這件事對我父親說：『一個小孩子需要這麼多書嗎？』父親的回答是：『我不知道。小孩子想看書，一定有他的道理。只要辦得到，還是不干涉的好。』

當時我也在場。那位親戚並不以為小孩子在場就不該談這件事；父親卻很在乎，他談完了話，還帶著歉意的跟我笑一笑。

我從小身體很瘦，體重不足，親戚們對我評價不高。

有一位親戚說：『這樣的小孩子將來恐怕無法跟人競爭。』親戚的話是不錯的，不過這卻是對於一個幼小心靈的傷害。

父親說：『強壯的孩子需要我照顧，瘦弱的孩子更需要我照顧。照顧小孩子，並不是為了跟人競爭，只不過是好好兒讓他生長。』

父親的話給我安全的感覺。他用他寬厚的肩膀為我抵擋來自四周的壓力。他使瘦弱的我能夠像強壯的孩子一樣幸福而充滿自信的活著。

我求學的歷程也不是很順利的。小學畢業以後，我投考廈門最好的中學卻沒被錄取，曾經一度停學。四周那種不以為然的空氣又對我形成壓力。

親戚們都說：『這孩子將來怎麼辦？』

父親不理會這樣的批評，他對待我的態度，跟平日完全沒有兩樣。在我那樣的年齡，心靈的平安和喜樂是十分重要的：幼小的心靈不應該為憂傷所腐蝕。父親希望看到的是，我能像往常一樣的快樂活潑——甚至是在失學之後。

父親是很忙的，可是在那一陣子，他常常陪我。我想看山，他陪我看山。我想看海，他陪我看海。我想逛街，他陪我逛街。他所努力的是不讓失學成為我生命中的一片陰影，他替我承受了本來應該由我自己承受的壓力。

父親以他明顯的態度告訴我，被愛，仍然是我的權利，這種權利並不因為失學而被剝奪；快樂，也仍然是我的權利，這快樂，不應該因為失學而減少。

那時候，我跟父親像是陷身在被圍困的孤城裡。不過，我們並不是勢單力薄的一對父子，因為守城的不止兩個人，還有勝過百萬大軍的父親的愛心。

失學加上瘦弱，瘦弱加上失學，這意味著我前途的黯淡。並不是沒有人時刻提醒我父親：『這孩子將來怎麼辦？你對他有什麼打算？』可是這些話並不能攪亂我父親的心意。

父親的答覆是向人提起我爺爺一生的故事。他說：『我父親因為老家的匪亂，不滿周歲就成了孤兒，全靠十七歲的姊姊深夜抱著他逃出了村子，才沒被殺害。這一對姊弟，來到了廈門，住在破祠堂裡，靠別人的賙濟找到了一個落腳地。你說他們能有什麼打算？能有什麼指望？』

然後，他一跳跳到故事的結局：『我父親後來在日本創業，有了一家貿易公司。當年我姑姑深夜抱他逃出村子，在破祠堂裡用米湯餵他，並沒想到這麼多事情。是一條命就該愛惜，是一個孩子就該照顧。』

最後，他說的是一個信念：『小孩子像一顆種子，你只要盡心照顧，就看得到它抽芽。你用不著猜測它會抽什麼芽，就是猜測也猜測不到。』

在父親的心目中，孩子是一顆奇異的種子。一個孩子的未來，有種種的可能，不是人的智力可以猜測的。要緊的是不要傷害那種子，不要使那種子失去照顧。醜的種子、美的種子，都是種子。種子的美醜，並不能決定未來那棵植物的美醜，因為一切的種子都是奇異的，這就是他簡單的信念。

在過去的日子裡，尤其是成年以後，我並不是不曾遇到失敗和挫折。但是在落入這種境地的時候，我竟能憑著一個簡單的信念平安度過那黑暗的日子，不但不灰心絕望，反而相信未來仍有種種令人欣喜的可能。我珍惜自己而不對自己失望，這就是父親的賜予。

能使一個人面對失敗和缺陷，心中反而充滿盼望的，就是愛。愛那受苦的人，無論那受苦的是一個孩子還是你自己。奇異的種子只要受到愛的滋潤，生命的花朵總會開放。

父親的愛，使瘦弱跟強壯無法區分，使失學跟在學無法區分，使挫折和順利無法區分，使該發展的都能得到充分的發展。一切人間價值的差距，都可以用愛來填補。

愛使一切美滿，愛就是美滿。這是父親傳遞給我的「父親哲學」。我也用這「父親哲學」來疼愛他的孫子。

# 松樹——給琪琪

不「溫暖」的氣候，不「肥沃」的土壤，是「最理想」的培植松樹的環境。你要在松樹林裡找朋友，你要在朋友群裡找「松樹」。

有一次，我跟許多好記者接受一個大事業家的招待。大事業家待人誠懇。這次招待會只不過是他的普普通通的「公共關係」活動。雖然難免含有一點「光宗耀祖」、「顯親揚名」的「值得原諒的俗氣觀念」在內，但是他願意把他的整個事業的優點跟缺點向社會「展覽」，使社會知道他這幾年來到底在做些什麼事，同時還願坦誠的向社會傾吐他一生奮鬥成功的經過，好讓年輕人「做個參考」，這卻是很有教育意義的。

那一天，我跟這個『財產必須用「億」字來計算』的成功人物「相距」只有三尺，可以看清他臉上的每一顆痣。他老早答應，願意「像一個小學生那樣」，回答我的「任何問題」——雖然他的年齡已經夠做我的長輩。

我注意到一件事情，那就是他所穿的衣服上有明顯的「補釘」。雖然這也屬於

「任何問題」的範圍，但是我的教養使我不敢當面問他：『這是不是用來預防沒有志氣的人不斷的向你借錢？』或者：『這是不是發財人的一種「吉符」？』

後來，我很委婉的向「對這個成功人物非常崇拜」的招待人員打聽，才知道這是他自己設計的「服飾」。這種服飾，只對他個人合適。他現在已經是闊人。闊人的最迷人的權利之一，就是可以穿最樸素的，甚至是最「破」的衣裳。這是現代社會裡的窮人所辦不到的。在現代社會裡，窮人必須把自己打扮得很漂亮，才能夠避免「被忽視」，才能夠維持自己內心的均衡。

對於這一點，我是很羨慕的。我的人生的「六個夢」裡的第一個「夢」，就是有一天我能夠「闊」到有權穿最舊的舊衣服上街，心安理得，用不著再去關心人家對我的衣服尊敬不尊敬。我平日看到「有顯赫的成就」的人穿最簡便的衣服，心裡就羨慕到極點。也許我一生刻苦奮鬥所追求的第一個目標，就是這迷人的「有穿最樸實的衣服的自由」這種「特權」吧。

那招待人員接著又對我說，那個成功人所以愛穿有補釘的衣服，是因為那些「補釘」使他想起一生中「最快樂的時光」——在最令人心寒的貧苦環境裡，立下了光輝燦爛的人生目標，充滿信心的一步一步走下去，在逆境中「過五關，斬六將」，在絕望中「渡過紅海」，終於到達人生的「聖地」。對那個成功人來說，

「成功的那一剎那」並不是「最快樂」的。最快樂的是他對「清寒時」的回憶。

挺拔的松樹，都是在寒冷的氣候，貧瘠的土地上生長起來的。中國的赤松，最高的有十幾丈。美國的加州松，最高的高到兩百多英尺。這些「棟梁之材」在「不溫暖」「不肥沃」的環境裡「掙扎向上」。

少年時代，因為戰爭的緣故，我嘗到一次「家道中落」的滋味，很幸運的在人生最重要的階段——十四、五歲的時候——進入了「松樹生長的環境」。如果不是那次「家道中落」，我就會一生在「可以任性用皮鞋踢人」的環境中長大，就會不知道人間的貧賤日子是怎麼過的，就不會有現在充滿在我胸中的那麼多同情，就不會變得現在這麼軟心腸了。

為你好，我真希望家裡再來一次「家道中落」，再出現一次「松樹生長的環境」。那是最珍貴的「人生的第一課」。在那樣的環境裡，治「冷」的有效方法是「到外面去跑兩圈」，治「餓」的有效方法是「專心把一本書看完」。

我希望你受最好的教育。我的意思是我有責任把你送到師資好、設備好的學校裡接受「對大腦的鍛鍊」，學習「思考」，學習「想像」，學習「設計」，學習「創造」；正像我父親當年所做的，家中明明「還缺一餐」，卻忍受著「打腫臉充胖子」的誣衊，「硬」把我們送進「每一本課本都是很貴的」中學。

不過，我並不希望你沾染到這樣的學校「可能」會有的「很難避免的缺點」——隨著高貴的氣質、優雅的風度而來的「對現實生活的無知」，不能忍受「清寒」，不能尊重「貧窮」，認為物質的「缺乏」也是一種必須隱藏的恥辱。

在那樣的環境裡，人會變了樣兒：每個學生家裡都有五部汽車，三座鋼琴，七個客廳，四套衛生設備。每個學生的父親都是「旅行家」，都繞過地球三圈到四圈。每個學生的父親都是部長、董事長。每個人的家裡都有玫瑰花園。這是因為一個學生有，全體學生也就都「有」啦。

每個家長——除了我父親以外——也都變了樣兒，隨時都在找機會要為他的孩子「證明」。

我的父親規勸我的，是要我多跟「清寒子弟」做朋友，至少要跟「能夠尊重清寒子弟」的人做朋友。當時我所結交的最好的朋友有兩個。一個是「讀書破萬卷」的才子，父親是賣雞蛋的，有一個「破破爛爛的家」；但是他在班上是最「抬得起頭」的人物。

另外一個是班上的「書法家」跟「泳將」，文武全才。他父親是買辦，有三座樓房，但是對人謙恭有禮，因為年輕時代吃過苦的緣故。我也被他父親認為是「有美質的學生」之一。他非常愛惜我，常常親自端咖啡到他兒子獨用的「豪華大臥室」裡來讓我喝，再三叮囑我要跟他的沒有紈袴習氣的兒子「做一輩子的朋友」。

我不會為子女「眼前所需要的光彩」把自己喬裝成，或者描繪成一個有財有勢的人。那是愚蠢的。我追求的是我自己的理想。我寧願我是那個「有一個破破爛爛的家」的賣雞蛋的父親，使你有一個「松樹生長的環境」。

我也要像我父親一樣，鼓勵你結交清寒、有出息的朋友，或者並不清寒可是「父親年輕時代吃過苦」的朋友。多接近「松樹生長的環境」，多觀察「松樹怎麼生長」，那會給你很大的鼓勵，使你不再內心空虛，埋怨環境，有一天，自己也成為一棵常綠喬木，成為一棵十幾丈高的松樹。

我喜歡松樹，其實只有一個原因，那就是它所憑藉的非常的少，卻能生長得非常的好。

每一個家庭都能給子女「溫」「飽」，但是「松樹」甚至連「溫」「飽」都不可求。它甚至能在「不溫」「不飽」的環境中長大。

松樹是所有植物裡最不「抱怨環境」的大丈夫。

我希望你，也能成為一棵不抱怨環境的松樹。

# 冰封的年代——給琪琪

一個父親在八十五歲的時候，還能夠跟他六十歲的兒子躲在書房裡，頭挨著頭，一起查書，一起討論問題，那是一種無比的幸福——對父親來說，確確實實是無比的幸福，無法形容的無比的幸福。他們是「一輩子」的朋友，而且有最密切的「血緣」關係。不過，世界上能有這種「幸福」的兩代，能有幾對？

世界上所有的父親，都要在五十幾歲，或者剛六十歲，就失去了他情誼最深摯，意氣最相投的「知己」，一下子跌入「寒冷」的深淵。這是因為他的子女終歸要依從社會的規範，終歸要結婚，終歸要有自己的家庭，終歸要有自己的事業，終歸要撫育「他自己」的子女。

對一個父親來說，自己的「獨立」、「創業」的笑容剛在臉上「吐放」，另外一個「獨立」、「創業」的需要，一下子又來奪走他剛在臉上吐放的「笑容」，使他不得不對無情的「人生」發出帶著「晶瑩淚光」的嘆息：『你給我的幸福是這麼短！』最文明的社會裡的法則，有時候也是最「野蠻」的。

那時候，這個失去了快樂的父親，除了同病相憐的媽媽的「帶著晶瑩淚光的安慰」以外，就只有封閉心中的「情感的花園」，在鎖上了園門以後，堅強的扔掉了「從前以為永遠用不著，現在真的永遠用不著了」的「不該有恨」的鑰匙，沉默的，走進莊嚴的「理性世界」去探索「服務人群」這另一個主題的嚴肅意義。

有時候，「事業」、「成就」，也會偶然像冰河岸上突然開放的「短莖龍膽」藍色小花兒，帶給他小小的喜悅；但是永遠再也治不好他情感的創傷，除非再把他「失去的最好的小朋友」還給他。

有一個父親，在女兒的婚禮上致詞。所有已經習慣我們的「社會法則」的賀客都在歡笑。「歡笑的驟雨」忽然停息，麥克風傳出來嗚咽的「淅瀝」，像下雪的聲音，像落葉的聲音。「主婚人」的面頰上滾落了無數的「珍珠」。

他含淚的敘說他難忘的「那個小女孩兒」童年的淘氣，童年的固執，童年的「壞」，還有那一場幾乎奪走了她的小生命的「病」。他說到有一次他被「這個很壞的小女孩兒」氣哭了，但是臉上卻放射出「甜蜜的回憶」的光彩——他似乎寧願拿出所有的一切，換回「再被這個很壞的小女孩兒氣哭一次」的機會。

禮堂裡所有「身在福中」的年輕的父母親，臉上都帶著「對不幸者的同情」。但是那些年長的父母親，他們臉上的表情卻不屬於「同情」那種性質。他們好像又被人帶回心中的那座「廢園」，看到那一副令人心傷的「已經長滿鐵銹」的舊鎖，想起那一把早已丟棄的「多少恨」的鑰匙。他們的臉色都暗澹了。

有幾個人，用自己的「珍珠」報答臺上那個父親的「珍珠」。有幾個人，從口袋裡掏出「傷心的吸墨紙」，斯文的弄乾被「雨」打溼了的面頰。

我，那時候，只能給臺上的父親一點敬意，一點同情；因為我「身在福中」，我心中的「臺上」活躍著兩個很談得來的「小女孩子」。她們一天到晚喊著我的名字。我的名字叫「爸爸」。她們沒有憂愁，沒有苦惱，卻活活潑潑的非常喜歡探索只適合「理性人」生存的「充滿憂愁跟苦惱的人生」。

我想念她們，只盼望婚禮早早結束：凡是一切該辦的事，都應該早早辦完。我珍惜我自己的「時間」。我要回家去「聽」我的名字。我要回家去「看」她們指引我看的「宇宙奇觀」：一個形狀，一個影子，一個聲音。

我只是偶然想起我跟我的孩子「將來」會有許多次，許多形式的「離別」。我只是想到「幸福的酒店」有一天要關門。但是，那要在「幾千年」以後，那要在西元九九九九年。現在，還不過只是「幸福紀元〇〇〇一年」！

身在福中的人，常常忘了「幸福」是在荊棘叢中輕盈飄遊的七彩大肥皂泡。身在福中的人固然懂得「珍惜」幸福，但是他應該「更珍惜」才對。這是因為他跟他孩子的「不能避免的離別」，有時候會來得很早，很「突然」的就在「幸福紀元〇〇一四年」就「到臨」了。

美國西部拓荒人家的小孩子，有時候會在大人不注意的時候獨自走進荒涼的曠野，讓自己「毫無保護的」暴露在響尾蛇跟山貓的世界——如果他的家附近就有荒野的話。我們人類的每一個家庭，恰巧「附近」就是「人生的荒野」。人生的荒野不在大門外。人生的荒野很大，不是地球載負得了，只有我們的「心」才容納得下。它就在我們心裡。

聰敏的孩子，常常「無法防止」的，自己悄悄去探索那「只適合理性成熟的人去探索」的人生荒野。越是沉默的孩子，探索得越勤。

我的資質不是最聰敏的，但是我也探索過，在我十五歲的時候。我現在只能形容我當時所看到的「人生的圖畫」，是「扭曲」的，可怕的「醜惡」，像一幅地獄圖。

英國哲學家羅素「更早」，在不滿十歲的時候，就已經「大徹大悟」，認為人生是「漫長而無聊」的——這個百科全書裡的「南極仙翁」，「生卒欄」裡長期只有「上文」，沒有「下文」，很值得自豪的永遠以（一八七二—）跟讀者見面的思想界的「仙童潘彼得」；到了七十八足歲得諾貝爾文學獎，手上一枝筆還「年輕得像十八歲」的「永遠有那麼多話要說」的不老的傢伙；你看他活得多「貪心」！「人生是漫長而無聊的」？好像好笑，其實也並不好笑。這是一個不滿十歲的孩子，「當年」相當嚴肅認真的思考。

我想說的是，過早探索人生的荒野，會使自己過早進入「冰封的年代」，會使你失去笑容過早，會使你的「冰河解凍期」過晚。這是因為冰雪堆積太久，融化更費時間。

羅素是福氣的，雖然不滿十歲就「厭世」，可是因為喜歡數學裡「精妙的世界」，十幾歲就「解凍」，活活潑潑的過起人間的好日子來；隨著智慧的成長，到了七、八十歲還揮動他的五彩筆為人間服務。

我「解凍」比較晚，那已經是二十二歲了，那一天清晨，我要動身搭船來臺灣。母親不忍離別，面向牆壁躺在床上裝睡。我垂手站在床前，為幾年前早就已經開始的一個人間最可怕的「離別」懺悔。我為我的「冰封年代」的一切罪過懺悔。母親沒有料到我也會有懺悔的一天，但是在我充滿真情的喊了她的名字「媽」以後，她哭了，我也哭了。

我不再乖戾偏執。我柔順的讓她替我扣好上衣的一個釦子。我知道她寬恕我了。她在兒子真正要遠行的時候，因為真正的「得回」她的兒子而快樂。想到我的

「冰封年代」偏偏是在我父親去世以後開始的，想到母親怎麼熬過「一下子失去兩個最親愛的人」的歲月，我的心滴血了。

「解凍」最晚的是英國第一個「字典人」撒姆爾．約翰遜。他十幾歲進入「冰封的年代」，從此父母就成為他心目中的「那兩個人」，不但繁瑣，而且委瑣。大家都記得那個「故事」。他冰雪堆積過早，過厚。一個雨天，父親有病，求他幫著去市集上擺書攤。他「聽不見」，也不說話，也「看不見」父親沉默蹣跚的走進雨中。

他「解凍」的時候，自己也已經是一個老人。這個聲名顯赫的學者，雨中蹣跚的回到父親當年擺攤的市場，讓大雨淋得溼透，茫然的站在已經不再有人，不再有書的舊攤位邊，像落湯雞，悲苦悔恨的「落湯雞」。

他不像我那麼幸運，他晚到一步。

既然「冰封的年代」是無法避免的，那麼在你進去以前，在臨別以前，就讓我把這篇文章當作我的「贈言」吧：希望你早點兒回家團圓，越早越好，大家等你一起吃晚飯！

# 我的「子女教育」

瑋瑋五歲那一年，跟媽媽一起去逛百貨公司。她們雙雙出門，回家只有瑋瑋一人。她自己雇一輛計程車坐回家。我去開門，她只說了一句話：『快付車錢！』

我問她媽媽在哪裡。『走丟了。』她說。

我表示：一個小女孩單獨坐計程車是不安全的。

『看了好幾輛，他最和氣。』她說。

從小學到專科學校，她在家中一直享有最大的行動自由。我知道她會觀察人，懂得保護自己。

《讀者文摘》雜誌的創辦人「華萊士」，父兄都是大學教授，只有他是「異類」。他不重視家庭傳統，不愛上大學，熱中於推銷員的行業。這個「有辱家風」的人，是「一門雙博士」那種教授窩裡的醜小鴨，卻能自成一家，而且後來也有自己獨特的家風。

「家風」很好。但是，一窩蜂的計較什麼家風，最有可能扼殺人才。四代同堂、五代同堂，有一百種好處、一百種溫馨，唯一的壞處就是族長只談家風，往往冷血的扼殺人才。我父親曾經熱切的盼望我念化學，為了不使父親失望，我逼自己把化學課本當作《古文觀止》來背。幸虧父親是賢明的，後來悄悄告訴我：『你自由了。』

琪琪從小對一切事情都有自己的想法。她是一個很違反家風的孩子。這事實，使我想到她必須有自己的社會圈子才能活得幸福。老式的家庭教育觀念是：子女必須像父親。「像父親」，其實只能是一種「父親的癖好」，不是一個理性的觀念。琪琪在家裡享有最大的「行業選擇」的自由。一個負責任的父親應負的神聖職責，就是：自己有多少力量，就拿那力量支持子女的選擇——不是拿那力量逼使子女對「父親的選擇」就範。

櫻櫻的優點是能與人和諧相處，但是她精神上永遠有一位「上級」——她的父親。她隨時準備接受指令。為了使她能成為真正的「好女兒」，我開始凡事要問她：『你有什麼決定？』

一個人的香噴噴的煎餅，對另外一個人可能是有害的食物。我的決定，對我自己當然十分重要，甚至可能影響我的一生，但是，我一想到要我以我的決定去決定另外一個人的一生，我就會戰慄——權太大了。我學習鼓勵櫻櫻對一切事情都要有自己的決定。櫻櫻學習為自己的事情作決定，並且要為自己的決定負責。我學會了天下父母最難學會的一門功課——不為子女代庖。

她出去留學，完全像清朝的農家子弟有一位不識字的父親一樣，一切由她自己辦。我「借」給她一筆費用。她在美國勤奮工讀，回國完全還清，對父親已經不「負債」。我不替她找職業，因為我的父親從來沒替我找過職業。我讓她決定自己的婚事，決定自己的婚禮。她軟弱的時候，很可能會感到「沒人幫我忙」。但是她很快就發覺，在家中，她享有精神上最充分的呼吸舒暢。她是自由的，而且還有一個支持她的自由的父親。

這就是我的原則——讓子女在自由中發展自我，在自由中學習對自己負責。我自己當然也有自己的「塑造自我」的工程，但是不拿子女作材料。

卷二

# 爸爸故事

# 好好先生

『我快樂嗎？』好好先生問他自己。

人生中的每一種心境他都經歷過，他想。他沮喪過，痛苦過，憤怒過，自豪過，高興過，害怕過。他有一個五顏六色的童年時代，也有一個五顏六色的青年時代。在過去的四十八年的日子裡，他把自己形容成「從童年的田園，通過一個人的都市，然後又抵達了另外一個清新的田園」。

『我不忍心把那個人生的都市叫作罪惡城。它並不真正充滿了罪惡，頂多頂多，只能說它交織著複雜的街道，容易使人迷失。每一個走出這個城市的人，都不得不慚愧承認自己犯過不少的錯誤。有一個時期，我也是專鑽死衚衕。剛發現這一條死衚衕走不通，剛退出來，我馬上又鑽進第二條死衚衕。我好像特別喜愛死衚衕，好像死衚衕跟我特別有緣。』好好先生心裡想。

他臉上含笑，想起他的兒子「學究」。他只能在心裡親熱的用這個外號喊他的兒子。事實上，在一年前，他就已經不敢當面喊學究「學究」了。

在學究十二歲的時候，他隨時想起什麼有趣的事情，只要高聲一喊：『學究，你過來！』

『來啦！』學究就會從他的小書房衝出來。『爸啊，有什麼事？』

『你知道金魚是怎麼從水裡跳到空中的嗎？』好好先生會問，會走過去站在地板的中央，扭動著身體擺一個美人魚的姿態，然後往上一跳！父子兩個人會很豪放的在客廳裡哈哈大笑。這一個的笑聲像洪鐘，那一個的笑聲像銀鈴。

去年，學究十八歲，有一天，好好先生像平日那麼自在的高聲一喊：『學究，你過來！』

戴眼鏡的學究從書房裡衝出來，嚴肅的，帶著怒意的說：『以後不要叫我這個外號。』

好好先生知道兒子長大了。他不生氣，人生中的每一個心境他都經歷過。他寧願承認那是莊嚴的心境，但是他仍然在心中親熱的喊學究「學究」。使好好先生覺得困惑的是，兒子怎麼就會把童年看成一條難看的尾巴，極力想擺脫它。在好好先生的心目中，那童年是非常非常值得珍惜的。

學究曾經因為嫌自己身體太瘦，立志要鍛鍊自己的身體，堅持每天運動四小時。大家在飯廳吃晚飯，學究在院子裡劈劈啪啪的跳繩兒，一定要補足昨天所缺的一小時。

太太又氣又急，又急又氣：『你這個做父親的應該去干涉干涉，不然我去！』

好好先生含笑伸手，橫過桌子去拍拍太太的手背。他了解太太的心境，這是他青年時代自己的母親的心境。他青年時代也批評過這種心境，當時自己心中燃燒著一團烈火，整顆心在燃燒，母親的關切好像太瑣碎了。『為什麼母親老要破壞我的計畫？我剛有一個計畫，母親總是老遠的就能用鼻子聞到。』他自己當年就是這麼想的。他不得不設法隱藏自己想做的一切事情，為了母親的緣故，一切都應該保持高度的祕密。

勤苦鍛鍊身體，每天不折不扣非鍛鍊足了四小時不可的學究病倒了。好好先生並不責備他的兒子，他自己也經歷過學究的心境。他自己是到了二十三歲讀了《老子》第二十三章「飄風不終朝，驟雨不終日」那兩句話，才曉得一切事情都應該自自然然才好的。可是第二十三章也只有在二十三歲那年去讀才有用。十八歲讀第二十三章，會認為第二十三章完全是胡說，會認為第二十三章就跟母親的關切一樣，是跟一個十八歲的孩子的計畫作對的。

好好先生含笑的想到，學究已經好久不鍛鍊身體了。學究現在要充實自己的國學常識，買了一部十三經白文，查字典苦讀，規定每天只睡兩小時。太太已經決定親自出面去「破壞兒子的這個計畫」，學究已經決定繃緊全身的肌肉跟母親奮鬥到底。『這是一個家。』好好先生含笑的想著這件事。『一位慈愛的母親跟一個有大志的兒子，兩個人的可愛的衝突。一切都在生長。』

好好先生又想到他想到過的人生的都市。他走過那個都市，那都市裡有許多狹窄陰暗的小巷子。人走進那小巷子會忽然覺得很沮喪。因為在那陰暗的小巷子裡轉來轉去老走不到寬闊有陽光的地方，所以就會有點兒暴躁。

好好先生聽過「人生的嚮導」這句話，他覺得是好笑的，覺得那完全是想像的產物。他自己走進窄巷的時候，又沮喪，又暴躁，又狐疑，根本就不信任什麼「人生的嚮導」。那時候，他只相信自己，所有的嚮導都會使他心亂。他相信要走到有陽光的地方就得靠自己。他相信孤獨對自己最有利。一個十七歲的孩子迷失在陰暗的窄巷裡固然會害怕，但是他特別重視「自己走出窄巷」的那個榮譽。

『你們都離開我遠一點兒。你們快樂，到你們自己的地方去快樂去，不要管我的事情。』好好先生知道自己在十七歲的時候也有過這種「窄巷心境」。現在，他含笑的想起自己的女兒「伊麗莎白」。

「伊麗莎白」是女兒的外號。這外號使人聯想到高貴的女王。不過，在這個家裡，這外號使人聯想到的卻是一個喜歡微笑的小女孩子。這小女孩子已經像一顆流星，消失在太空裡了。現在的這個伊麗莎白，依好好先生的想法，也像一顆星，躲在最遙遠的太空的角落，剛被人發現。這是一顆寒星。

伊麗莎白喜歡躲在自己的房間裡，每天只說很少的話。她像冬眠動物，不常露面。好好先生了解她，不想去驚動她。

太太心中的不安一天比一天增長。太太想到冬眠的洞裡去把伊麗莎白拖出來。好好先生含笑勸太太說：『你別想拖冬眠的動物出來跑步。你別盼望冬眠的動物跑得像一隻矯健的羚羊。』

『她會悶壞了的。』太太說。『她應該出來走走的。』

『她會問你要她走哪些地方，很快的走一圈交了差，然後再躲回房間裡去。』好好先生含笑說。

『那麼我進去看她。』太太說。『我要找些話跟她談談。』

好好先生含笑搖頭說：『那樣的話，她就會求你走開。「你出去一下好不好？」「你讓我靜一靜好不好？」她會這樣說。』

好好先生了解太太的心境，那就是他年輕時候自己的雙親的心境。那時候，他自己也正好走進人生的窄巷，沮喪得很，而且心中充滿了幻覺、幻象。母親一次一次的推開他的房門，進來看他。他珍惜那幻覺、幻象。母親一進來，那使他心亂偏偏又捨不得拋棄的幻覺、幻象，就會像青煙在風中飄失，特別容易引起他的憤怒。

『媽，你不要攪我好不好？你會害了我。』好好先生記得他對母親說過這樣的話。他不記得他是怎麼走出那條陰暗的窄巷又回到陽光裡來的，但是他一直到現在還很重視那一份榮譽，他是自己走出來的。忽然有一天，空中傳來輕快的音樂，幻覺、幻象消失了，雲開，日出，他走出了囚禁他一段很長的日子的窄巷。他復活。事情就是這樣。

『一位體貼的母親，一個躲在深深洞裡冬眠的孩子，他們正在拔河。』好好先生這麼想，他笑了。

現在，好好先生笑著想起來了，他還有一個「毛毛」。他笑得很開心。他只能用『這孩子！』來形容毛毛。毛毛是好好先生的小女兒的外號，是一個真正生活在童年裡的孩子。從前，學究跟伊麗莎白也曾經是跟毛毛一樣的真正生活在童年裡的孩子。那時候，好好先生是很快樂的。他很高興的告訴所有的朋友：『做一個快樂父親是很簡單的事。你坐在地板上給他們講故事。你趴在地板上讓他們有可靠的馬騎。』

學究、伊麗莎白，都曾經是這匹穿睡衣的大馬的馬背上的騎士，但是現在他們都去學習「生長的功課」去了。現在，這匹馬的馬背上，騎著的是會自己梳小辮子的毛毛了。毛毛騎馬，雙腳拖地，騎士年齡大概也快結束。不過，這又有什麼不好？人生中的每一種心境，他不是都經歷過嗎？

九月八日那一頁日曆上有毛毛用紅鉛筆打的一個勾。那是說，這一天是好好先生的生日，好好先生應該帶一個大蛋糕回來請客。

『我要帶一個蛋糕回來。我要一塊一塊的把蛋糕切好，然後，敲開兩個房門，邀學究跟伊麗莎白出來吃一塊蛋糕。他們會客客氣氣的吃完一塊蛋糕，然後又回到房間裡去。我要勸太太不要告訴他們這是什麼日子，因為在不久的將來，他們總會夢醒似的熱烈查問：「爸啊，這幾年您的生日是怎麼過的？」現在，只要讓毛毛一個人去高興就夠了。』好好先生想。

『我快樂嗎？』好好先生問他自己。

『人生中的每一種心境，我都經歷過。為什麼我要不快樂？』好好先生含笑的回答他自己提出來的問題。

# 由兩個到四個

好好先生在客廳看報。「學究」在旁邊打電話。好好先生偷偷轉眼去看手腕上的錶。『我的兒子這個電話已經打了四十分鐘了。』他想。『如果我不干涉，我的兒子還會打多久？五十分鐘？六十分鐘？七十分鐘？那就要成為世界上最「馬拉松」的一次電話啦！』不過他並不想打斷一個年輕人的電話。『學究正在學習談天的藝術。他正在磨練自己的機智。』他想。

學究十二歲的那一年，有一天哭喪著臉跟好好先生說：『我的「說話」老是考不好。老師只給我六十八分。』

好好先生伸手撥弄撥弄學究的頭髮。學究就順勢往地毯上一坐，雙手抱著父親的腿，把頭靠在父親的膝蓋上，樣子像個睏得睜不開眼睛，摟著枕頭想睡的六歲的小男孩。好好先生低下頭，輕輕拍著學究的頭，說：『口才是很要緊的。口才好的人，常常能夠出人頭地。你想不想做一個大人物？』

學究靠著「膝蓋枕頭」，閉著眼睛，含笑的回答：『想！』

好好先生笑著，輕輕拍著兒子的頭，說：『那麼，你就要好好兒訓練訓練口才啦！』

學究仍然閉著眼睛，含笑的問：『怎麼訓練？』

好好先生伸出一個手指頭，點一點兒子的鼻子，說：『你比如說，多跟爸爸媽媽說說話，多跟同學談談天，這都是訓練說話最好的方法呀！』

現在，十八歲的學究不正是在那兒用他變得粗豪的嗓音跟同學談天嗎？『我應該告訴他，電話不是談天的工具。』好好先生想。『我應該告訴他，如果真想談天，就應該——』就應該怎麼樣？學究就應該穿上籃球鞋到同學家裡去談？或者同學就應該穿上籃球鞋到這個家裡來談？『他們應該選擇合適的地點，不過最好不在這客廳裡，客廳是我舒舒服服看晚報的地方。他們最好在院子的牆角落裡，或者就在大門外的水溝邊。』

好好先生想到這裡，覺得自己的想法非常自私，忍不住低低的笑了一聲。

學究手裡拿著黑色的電話「聽講器」，瞪著大眼，很驚訝的向好好先生這邊看過來，靜默了一會兒。好好先生只好抱歉似的跟他心目中的「小學究兒」笑一笑，但是他所得到的回報卻是一個十八歲的嚴肅青年的嚴肅表情：微微的皺起了眉頭。

他聽到兒子對著電話說：『事實就是事實。你不能逃避事實！』

好好先生又驚又喜。兒子是什麼時候學會了說這麼漂亮的話的呀？那個嘛著嘴，抱怨他的「說話」只得到六十八分的十二歲的小男孩兒，什麼時候忽然變成這個能坐滿一個沙發，能對著電話發表言論的什麼——對啦，「的」青年！

這一點感想是不能說給學究聽的。他知道學究的反應：『怎麼老想到我小時候的事情？我現在已經不是「小時候」啦！』

好好先生想起他自己十五歲撕破一張舊照片的往事來。有一天，父親母親頭挨著頭在那兒看一張照片，一邊看一邊笑。『真有意思！多可愛的一個孩子！你也過來看看。』父親說。

好好先生走過去一看，是他周歲穿著大大的開襠褲拍的照片。他發起脾氣，把那張最不體面，最不能見人的照片搶過來，撕成兩半兒。父親的臉也脹紅了。母親趕緊把父親拉開，輕輕拍著父親的手背，要父親冷靜。

好好先生想到這裡，心裡一涼。這個四十八歲的人第一次很難過的批評自己十五歲時候的行為。一個十五歲的孩子的身體裡，住的是一個雄偉的巨人。巨人的名字叫「我」。這個巨人是到人間來批判一切的，批判的對象當然也包括父母親在內。『他們不該拿這張照片來丟找的臉。』這位大法官下了判決。為什麼，他那時候，就不能像現在這樣，體會到父親看照片時候的快樂心情？那照片使父親能重溫兒子出生不久的那一段甜蜜的往事。父親滿心以為兒子也會像他一樣的感動。父親錯了。

『那一年，我傷了父親的心了。三十三年以後的今天，我才想到！』好好先生在心中懺悔。所有的父親，都懷念兒子的童年，懷念那一段幸福的日子，因為父子的愛就在那一段日子萌芽。但是所有的兒子都巴不得擺脫那沉重的記憶錨，因為錨阻礙了人生的航行；總要等到三十三年以後，才知道珍惜自己在三十三年前滿臉怒氣狠狠摔破的幸福的杯子，好好先生想。

學究打完了電話。這個電話一共打了四十九分鐘。

『爸啊，我打完電話啦！』

『爸啊，你看晚報哪？』

『爸啊，我回我的書房去啦！』

『爸啊，我今天的功課好多喲！』

這些話，學究一句也沒說。這些話，不過是好好先生自己的幻想。不過，在六年前，在學究十二歲的時候，這些話確實是都說過的。

『如果我告訴他說，你打完電話，應該跟我說：「爸啊，我打完電話啦！」然後，臨走開的時候，應該跟我說：「爸啊，你看晚報哪？」然後，走到你房間門口，應該回過頭來說：「爸啊，我回我的書房去啦！」然後，走進你的房間，高聲的跟我說：「爸啊，我今天的功課好多喲！」你應該這麼辦！如果我這麼說，他會怎麼回答？他一定會這樣回答：「太瑣碎了！」他一定會這樣。』好好先生坐在沙發裡沉思。

學究站了起來，一句話也沒說，相當高大的身影一晃，差點兒碰翻了茶几，走進自己的房間，關上門。

好好先生的感覺是：自己被關在客廳裡。

太太走過來，坐在他身邊的沙發裡，伸手輕拍他的手背說：『想些什麼呢？』

好好先生醒了過來，微笑著說：『想想怎麼樣做一個好父親。』

太太睜大了眼睛，含著笑意說：『怎麼講？』

好好先生說：『家裡兩個可愛的小孩子不見了，搬進來兩個大人。』

『什麼時候？』太太說。

『今天。今天我才注意到。』

『哪兩個大人？』太太問。

『這兩個大人，一個叫「學究」，是個男的，一個叫「伊麗莎白」，是個女的。』好好先生指指兩個關上了的房門。『他們就住在那裡面。』

『不錯。』太太說。『這有什麼不對？』

好好先生輕輕點頭說：『六年前，七年前，這個房子裡住的是兩個大人，三個小孩子。我在屋裡走動，遇見了你，想跟你說兩句話，我就要稍稍低下頭。遇見了孩子，想跟他們說話，我要彎腰，甚至要蹲下。我在屋裡走動，像一個巨人，小孩子在我腿邊繞來繞去。尤其是剛學會走路的「毛毛」，我更要小心，就怕踩了她。我覺得我們的房子夠寬夠大，因為整個屋子裡只有我們兩個大人。』

『很有意思的想法。』太太點頭說。

『現在，我們這屋子裡有四個大人了。』好好先生說。『我應該學習適應這個新形勢。我應該學習四個大人應該怎麼相處。』

『你什麼都不必學習。你還是他們的爸爸，不是嗎？』太太說。

『不錯。但是「內容」不同了。新內容要用新方法來處理，老方法不靈。從前我跟他們說話，一定要彎腰低頭。現在我如果彎腰低頭，就找不到他們的眼睛了。孩子小的時候，我恰好懂得怎麼做小孩子的父親。現在我應該學習的，是怎麼做兩個大人的父親。』好好先生說。

晚風起，簷下風鈴響。好好先生跟太太說：『你聽！』

『好聽。』太太說。

好好先生被鈴聲催眠，落進另外一個回憶裡。那實在是「兩個」回憶，一個落在十歲，一個落在二十一歲，但是那兩個回憶，儘管中間隔了十年，卻是連結在一起的。

第一個回憶是：他跟父親站在簷下聽風鈴。父親問：『你喜歡爸爸嗎？』

『喜歡。』他說。

『將來長大了還是一樣喜歡爸爸嗎？』父親又問。伸過手來拉他的手，輕輕一捏。

『一定！』他回答。

第二個回憶是：他站在父親背後，離父親遠遠兒的，看著父親單獨一個人站在簷下聽風鈴。他沒有走過去，因為那時候他有自己的苦惱。父親恰巧回過頭來，看見了他，就含笑說：『還記得你小時候，我們在這兒聽風鈴嗎？』

他明明記得，但是他回答說：『不記得。』就匆匆走開了。

『也許這就像蟬蛻一樣。一個小孩子要長大，就必須有一段很長的時間痛苦的脫去童年的那層皮，獨力建立自己的世界，直到他滿三十歲，然後再回到父親的身邊。』好好先生想。

『在孩子的「蟬蛻」期，一個父親的真正的伴侶，也許就只有孩子們的母親吧？』好好先生想著，不覺也伸手去拍拍太太的手背。

# 「我是鋼鐵」

『如果我是東晉時代的人，如果我是陶侃的父親，那麼，史書上是不是還會有關於陶侃搬磚的記載？這是值得想一想的。』好好先生沉思起來。『如果我活著看到我的孩子已經成為治理廣州的地方長官卻每天把一大堆磚搬進搬出，說是要培養勤勞的好習慣，我能永遠保持沉默，不說一句話嗎？』

『保持沉默恐怕不大容易吧？』好好先生想。『我不是讚美，就是反對；不是反對，就是讚美。大概不會有第三條路。說不定我會這樣說：「阿侃，你做得對，這真是一個培養勤勞習慣的好辦法。你繼續搬下去吧！」那麼，我就成為一個鼓勵兒子每天把一大堆磚頭搬進搬出的那種父親了。有客人來，我就帶他們到迴廊上去站一站，說：「院子裡那個搬磚頭的人，就是我的兒子阿侃。你們瞧，他搬得多好！這是他設計的培養勤勞習慣的好方法！」我辦得到嗎？我能不怕人笑話「瞧這爺兒倆！」嗎？』

『說不定我會有相反的說法。』好好先生歪著頭想。『說不定我會把他叫到身邊，勸告他說：「阿侃，別再每天把那一大堆磚頭搬進搬出了。別人會笑話，說你不正常；而且一個地方首長一天到晚搬磚，也很不好看。你要培養勤勞習慣，換個方式，比如說打打太極拳，或者舞舞劍，不也一樣嗎？」我想我一定會忍不住去干涉他。如果我真的忍不住去干涉他，那麼，歷史上就不會有陶侃搬磚的記載啦。』

好好先生不知不覺的用雙手做出一個搬磚的姿勢。太太走進客廳，溫和的笑著問：『你這是一種「打坐」的新姿勢嗎？』

『不不不。』好好先生急忙垂下雙手說。『我剛剛想到陶侃的事情。』

『你說的是東晉的大將軍陶侃嗎？你想到的是他每天把一大堆磚搬進搬出的事情嗎？』太太問。

『不錯。』好好先生笑著說。『如果陶侃的父親反對陶侃每天把一大堆磚搬進搬出，我會替陶侃不平。』

『那是為什麼？』太太問。

『一個人要怎麼鍛鍊自己，總該有點兒自由。』好好先生說。

太太敏捷的反駁說：『如果那方法對身體有害呢？如果那作法太不正常呢？如果你發現那根本是不要命的硬拚呢？』

好好先生知道太太的話裡有話。他知道太太指的是「學究」，他們的大兒子。

學究正在發憤的練毛筆字，每天放學回家，把書包一扔，在冰箱裡隨便找點兒東西吃完，就回到書桌前面去，抓起毛筆，頭不抬，眼不眨的，一張一張寫起中楷來。他可以一口氣寫到好好先生喊他吃晚飯。

學究吃晚飯的時候，好好先生仔細觀察他的臉。學究的臉色發紅，那是激烈操作引起的興奮狀態。學究的雙眼發直，那是腦子裡還掛念著練字的事，對世界上其他的任何事情都不發生興趣的徵象。學究吃得太快，就像是要去趕火車。

『慢慢兒吃，學究！好好兒嚼，好好兒嚥。』太太不得不開口。

可是學究好像根本沒聽見。他不出聲，不抬眼，吞得像狼，嚥得像一隻老虎。好好先生仔細端詳學究的臉，那一對眼睛裡有紅絲兒，左邊太陽穴暴露了青筋。

『一個過度疲勞的年輕人！』好好先生想。

『學究！』太太不得不提高聲音。

學究吃了一驚，抬眼看他的母親，但是臉上沒有一絲笑意，腦門上甚至有許多皺紋。

『多讓人心疼的小老人哪！』好好先生憐惜的想。『他臉上的肌肉已經僵硬了。他不能笑。』

『什麼事？』學究的聲音粗澀，輪流的看看他的母親，看看他的父親。他的眼中似乎帶著怒意，似乎是說：『你們到底有什麼事？』

好好先生還沒開口，太太已經搶了先，溫和的責備他說：『吃飯應該好好兒嚼，好好兒嚥。』

學究放下碗筷說：『我已經吃過了。』他用腿向後推開椅子，轉身向他的房間走去，嘴裡念叨著一句格言：『人為活著才吃飯，不為吃飯才活著！』他進入房間，關上房門。好好先生聽到掀紙聲，一張一張掀得飛快，可見學究又在那兒帶著怒意一張一張的練毛筆字了。

『學究的脾氣怎麼變得那麼壞？』太太擔心的問。

『是過度疲勞。』好好先生低聲的說。

『我們應該過去勸勸他。』太太站起來說。

『現在不是時候。』好好先生輕輕拉太太坐下。

『伊麗莎白！』太太說，『你看你哥哥是不是變啦？』

『媽，你別理他就是了。』伊麗莎白淡淡的說。

『媽，請注意，明天給我買糖。你自己答應的！』毛毛淘氣的說。

這一回輪到太太不回答了。好好先生趕快伸手撥弄撥弄毛毛的黑頭髮，溫和的含笑說：『快吃！』

那天晚上，學究練字練到半夜一點鐘。他用腿向後推開椅子，站起來準備去睡，發出一點聲音。好好先生醒了，太太也醒了。太太打算坐起來，披衣到學究房間去關照他應該關好窗戶，蓋好被子，可是好好先生捏捏太太的手，要她安心的睡。

『為什麼？』太太低聲的說。

好好先生第二次捏捏她的手。

好好先生是一個奮發向上的人，上班的時候全副精神都放在工作上，因此在他四十歲那一年，太太送他的生日禮物是一個小鬧鐘，要他帶去放在辦公桌上，撥好下班的時間。

『讓這個鬧鐘負責喊你回家！』太太把禮物遞給他的時候，笑著這麼說。

好好先生好幾次想到氣質的遺傳，好幾次想到自己年輕時候對看書的狂熱。學究房間裡寫過毛筆字的紙堆起來有一尺多高了。好好先生注意到學究練字是論每天幾張的。他大略猜出那「規定」是每天五十張的樣子。那「規定」是很死的，不容更改的，像法律。好好先生注意到學究房間裡有一個舊臉盆，裝了一盆水，那水已經髒了。好好先生猜出那是要實踐王獻之的故事：用那一盆水來研墨，立誓寫完一盆水！

好好先生想到唐朝的詩人白居易，因為貪心讀書，年紀很輕就有了白頭髮，年紀很輕眼睛就得了飛蚊症。他想到年輕時代的岳飛，常常整夜不睡讀書到天亮。他想到電話發明人「亞歷山大．貝爾」，深更半夜還跟助手弄那個別人認為毫無希望的電話機。他想到美國的愛迪生，為了發明這個東西那個東西，一生很少好好兒在床上躺過，總是睡睡醒醒，醒醒睡睡，捨不得離開他的工作檯。『如果我是這種怪傑的父親，我應該怎麼辦？』他問自己。

『也許我會睜一隻眼，閉一隻眼，由他愛怎麼辦就怎麼辦吧？』他笑了。

但是太太的話是對的：『如果那方法對身體有害呢？如果那作法太不正常呢？如果你發現那根本是不要命的硬拚呢？』太太的話是對的。

『難怪天下許多父母都寧願自己的子女是平庸的，因為平庸人總走平坦路。那些怪傑所走的人生道路都是坎坷的。』好好先生想。『那些怪傑的父母，都是柔腸寸斷的吧？』

有一天，太太掃地撿到一張學究寫了不要，扔在地上的毛筆字。她拿給好好先生看。那毛筆字是勁道很足的，寫的是四個大字：「我是鋼鐵。」

『人不是鋼鐵！』好好先生想。『鋼鐵怎麼能跟人相比？也許人生的某一個階段像鋼鐵吧？強硬無比，不可動搖。它的硬度，連父母的愛都沒法兒鎔化。這冰硬的鋼鐵，只有智慧才鎔化得了它。人生的成就，是靠日久天長的有恆的努力，不是靠那拚命的猛擊吧？』

好好先生跟太太一樣，多麼想跟學究說：『孩子，累了就應該去休息，睏了就應該去睡。如果你熱愛中國的書法藝術，你就應該準備用一輩子的時間去交換。只有恆心才能夠使你享受從容甘美的人生。你不要那麼拚命，你可以慢慢兒來。』不過好好先生並不打算真的去跟學究說這樣的話。這樣的話，說教色彩太濃了，對一個十八歲的年輕人是不適宜的。

一個讀書讀到第四十八頁的人，不應該去打攪一個剛讀到第十八頁的人。告訴一個剛讀第十八頁的人說：『你不必讀了。我已經讀到第四十八頁，你聽我的，準沒錯兒！』這總是不大公平吧？好好先生想。

# 香皂跟魚肝油

『我要實實在在的告訴你們……』這句話如果是出現在新約聖經裡，耶穌的口中，我們會覺得那是一種令人信服的口吻。如果這句話是由自己的子女口中說出來的，而且說話的對象竟是指家裡所有的人，那情形就很使人驚訝了——好好先生想。

好好先生記得有一天吃中飯的時候，伊麗莎白就是用這樣的口吻對大家說：『我要實實在在的告訴你們，別以為什麼事情一定都能夠稱心如意。要是所有的盤算都失敗了看你們怎麼辦！』

好好先生聽了，心裡非常吃驚，也有點兒生氣。『「你們」？她竟然用「你們」來稱呼我們？這「你們」指的竟是她的父親，她的母親，她的哥哥，她的妹妹？難道她不是這個家的一份子？』好好先生想。他幾乎忍不住要脫口說出：『那麼你，伊麗莎白，那麼你是誰？為什麼要喊我們「你們」？難道這個家你不算在內？難道你真把這個家分成兩半兒，一半兒是你，另外一半兒是其他的老老少少？』

他還想：『相信一切事情都能夠稱心如意有什麼不好？人總應該這樣想事情才對呀。萬一事情失敗了——不過這「萬一」實在是不可能的。就算萬一事情真失敗了，整個情況都改變了，改變得像伊麗莎白所形容的那麼慘，我的好想法、新想法又出現了。不管怎麼樣，人總是應該往前走，總是應該不停的努力的呀！怕什麼失敗？最多不過從頭做起。』

伊麗莎白對什麼事情都抱著悲觀的態度，這一點，實在使好好先生非常難過。『這實在是對我的樂觀的一個最嚴重的考驗。如果我真是對一切事情都抱著樂觀的態度，那麼，對於伊麗莎白的事事悲觀，我也應該保持絕對樂觀的想法。如果我對伊麗莎白的悲觀很悲觀，那麼我就不是一個真正的樂觀人啦！』他想。

好好先生知道伊麗莎白是受過挫折的，一次，兩次，三次，四次，五次。她的每一個盼望幾乎都落了空。好好先生知道伊麗莎白的那些盼望都是些什麼盼望，因為他自己也年輕過，也有過年輕人的盼望。他對這些盼望是很內行的。年輕的時候，好好先生一直以為自己是一個美少年。他喜歡結交美少年，認為自己跟他們是同類。他不止以為自己是美少年，而且更進一步，認為自己是美少年裡的美少年，是美少年裡的最美的。

他就像希臘神話裡的「納西薩斯」一樣，非常的愛慕自己，只有一點跟「納西薩斯」不同。「納西薩斯」看到水中自己的影子，越看越覺得自己美，越看越憐惜自己，就因為自己實在太美了，心中反而有一種說不出來的憂愁，有一種不安的感覺，臉上帶著孤獨寂寞的表情。好好先生的情形正好相反。有一天，他去照鏡子，鏡子裡出現了一個瘦瘦的，黃黃的男孩子，那就是他自己！他心中有『讓一切都毀滅了吧！』的悲痛。

接著，為了療治那悲痛，好好先生就產生了盼望。第一步，他要設法使自己的皮膚變色，變得跟從前他認為還沒有他白的那些美少年的皮膚那麼白，甚至更白才好。他細心思考，細心看報紙，關心所有有關皮膚的新聞跟廣告。有一個香皂廣告引起他的注意：一個人只要常用那種香皂，就能使皮膚潔白。這真是福音！

好好先生跟父親要錢買那種香皂，當然他不能說出為什麼一定要那種牌子的原因。父親認為家裡有的是香皂，哪一種牌子不能用，沒理由非另外再買一種不可。好好先生那時候很年輕，心裡非常悲憤：『我的皮膚太黃，難道你一點兒也看不出來？你不過是希望我繼續黃下去，就像你那麼黃！你自己黃得認了命，我可不願意一輩子像你那樣可憐的黃下去。我非要那種牌子的香皂不可！我一定要！』

他們僵持著，最後當然是父親屈服，因為父親有「疼愛子女」的弱點。黃黃的父親給好好先生買了三塊可以使皮膚變白的魔術香皂。好好先生雄心萬丈，每天不停的用那種香皂洗黃黃的臉。他的努力是令人心驚的，操切像狂風暴雨，一切按擬定的計畫行事：清晨起床洗一次，吃早餐以前洗一次，吃過早餐以後再洗一次，然後是中飯前，中飯後，下午四點半，晚飯前，晚飯後，臨睡前，再加上半夜如果起得來的話，再洗一次。他一天洗十次，比做其他任何事情都認真。

他折磨自己三個多月以後，就不再洗得那麼勤了；到了第四個月，就根本不洗了。他很能原諒那個廣告，也不埋怨那三塊無辜的香皂，只是對自己的皮膚絕望。這個挫折，使他對許多事情都抱悲觀。他很不快樂。

為了身體太瘦，他盼望自己能變成壯漢。在發現自己太瘦以前，他一直以為自己是一個健壯的英俊少年。有一天，他在足球場上被對方的球員絆倒。那個球員取笑他說：『不但能把你絆倒，還能把你當足球踢出去。你的身體太輕了。』

少年時代的好好先生回到家裡照鏡子，鏡子裡出現了一個使他非常悲憤的影子。他不服氣。為什麼自己就應該是那樣子，別人就總是比自己強。為了使自己的體重增加，這一回，他相信了魚肝油。他每天狂熱的猛喝魚肝油，每天量一次體重。他瀉肚，可是寧死也不願意少喝魚肝油。他一邊瀉，一邊喝，表現出無比的堅強。最後，他病倒了。病好了以後，他量一量體重，又輕了兩公斤。他悲憤極了。

這次挫折，更使他對一切事情抱悲觀。努力究竟有什麼用？一切的努力終歸要落空。

好好先生記得，他能夠從那自己折磨自己的境況中解脫出來，主要的是因為讀了《莊子》那樣思想開朗的書。莊子告訴少年好好先生，人的形相是並不那麼重要的。美也好，醜也好，白也好，黃也好，壯也好，弱也好，都並不那麼重要。人跟蟲，都是生物，儘管有些分別，終歸都是生物。人跟蟲的區別都可以算是不那麼大，美一點，醜一點，白一點，黃一點，又怎麼去區分？如果要區分，倒不如在「保全自己的特色」這上頭來區分。

好好先生總算領悟到，為了一般人的美醜標準不停的折磨自己，為了自己達不到那標準痛不欲生，實在是非常可笑的事。一個人不管怎麼折磨自己，也沒法子使自己符合一切的標準。但是一個人如果能懂得怎樣保全自己的特色，生命的光輝反而更能彰顯。「我要像我自己」，這想法救了好好先生。懂得「我要像我自己」，心中就有一種自自然然的滿足感，因此人生也就變得更有樂趣。

好好先生不再為自己的黃苦惱。他知道自己的黃是可貴的黃，因為世界上沒有一個人，能憑著努力，使自己黃得像他那樣有個性，有分寸。他具有別人所模仿不來，盼望不到的那種優美獨特的黃。有了這種想法以後，少年好好先生才開始享受人生，才有心情去追求比皮膚變色更有價值的東西。

好好先生知道，要讓伊麗莎白懂得這個道理是不容易的，因為伊麗莎白現在正處在悲憤失望的狀態中。不過，像他自己那麼固執的人都有被真理吸引的可能，伊麗莎白自然也會有這種可能了。

他懂得伊麗莎白。伊麗莎白並沒那麼簡單。伊麗莎白遭遇到種種的挫折跟失敗，她對一切抱悲觀，因為她想「超凡入聖」。他想起一位名人改動這四個字的成語的趣事來。那位名人說，「超凡入聖」固然可貴，但是「超聖入凡」的境界更高。

想到這裡，好好先生笑了。『事實上，我對伊麗莎白的悲觀，是抱著完全樂觀的態度。』他用想像的聲音，自己對自己說。

# 後臺

「學究」跟「伊麗莎白」都關在自己的房間裡思想。好好先生越來越覺得自己像一個放風箏的人。孩子就是那個風箏，孩子的年齡就是那根線。他看著自己的孩子長大，也看著那根線越來越長。『我的孩子在哪兒呢？我的孩子就在這根很長很長的線的那一頭兒思想。』好好先生自問自答。

『「毛毛」在哪兒呢？』好好先生知道毛毛就在她自己的小書桌前面做數學。毛毛這一根線短得多了。毛毛這一根線只有「十歲長」。『毛毛，過來，讓爸爸看看你！』毛毛是隨時可以看的，儘管她嘴裡會說：『爸啊，你別這樣子嘛！我在做數學，你知道嗎？』

思想是沒有聲音的，數學也是沒有聲音的，所以好好先生覺得屋裡太靜了。他聽到太太的腳步聲。這是他最熟悉的腳步聲。二十年來，他的耳朵已經磨練到能從這腳步聲聽出太太的思想。現在，這腳步聲告訴他是太太要來跟他研究兩個大孩子。他含笑的迎接他的伴侶。

『是學究，還是伊麗莎白？』好好先生問。

『伊麗莎白。』太太懊惱的回答，忽然警覺過來：『你是怎麼知道的？』

好好先生含笑握住太太的手，拉她在旁邊的沙發上坐好，說：『因為你的腳步輕輕的，像貓，你的腳步聲裡有煩惱。你有不平常的話要跟我說。』

『那麼你知道我要說什麼啦？』太太說。

『我當然知道。我也正在這兒後悔。我不該用那麼激烈的話責備伊麗莎白。』

太太伸過手來，輕輕拍拍好好先生的膝蓋，安慰他說：『我並不覺得你有什麼不對——我不是來指摘你的，可是伊麗莎白，她跟你嘔氣啦。』

『你最好是不知道她跟我嘔氣。我也是，我最好也不知道她跟我嘔氣。我們兩個都不知道她跟我嘔氣，對不對？她根本沒跟我嘔氣，對不對？』好好先生說。

『你是說……？』太太驚訝的問。

『我是說，根本沒有人跟誰嘔氣。一切都是好好兒的。』好好先生堅決的說。

太太驚異的注視著好好先生。過了一會兒，她臉上那一層疑惑的霧散開了，領悟的點點頭說：『對，我們家裡根本就沒有人跟誰嘔氣。誰也沒跟誰嘔氣！』

好好先生想到他自己剛剛跟太太說過的那兩個字，「後悔」，可以說是完全不掩飾的坦白的吐露。他是真的後悔，後悔得不得了，所以不知不覺的吐了一口氣，儘管是那麼輕微的，太太卻覺察到了。

好好先生沉默著。他那一對英挺的眉毛，眉梢下垂，二十年前的劍，現在卻像湖邊的垂柳。『對一個父親來說，那是尊嚴。對一個大孩子來說，那是自尊心。這兩樣東西都是不容許損傷分毫的。但是有一樣東西卻是最容易損傷那兩樣東西的，那就是「輕易的發怒」。』好好先生想。

『如果把發脾氣比作點炮仗，那麼，不管是大人還是大孩子、小孩子，似乎都有一個錯誤的想法，那就是認為「家」是最理想的點炮仗的地方。在馬路上，如果我覺得疲倦，我所盼望的是趕緊回家去休息。在外頭，如果有事情使我氣憤，我所盼望的是趕緊遠離那個使我失去內心均衡的地方，回到自己的家。我把疲倦和氣憤都帶回家，等於搬回來一大堆炮仗。』好好先生想。

『不錯，家應該是一個最好的地方。家能使我的疲倦得到休息，使我的氣憤得到撫慰。不錯。可是因為太肯定家應該是使我的疲倦得到休息的地方，應該是使我的憤怒得到撫慰的地方，所以就很難容忍家中再有任何暫時使人得不到休息的事情發生，很難容忍家中再有任何需要加以容忍的事情發生。如果真有那樣的事情發生，我就會失去了對自己的控制，大發脾氣。家，為了我的緣故，就再也不像一個可以使疲倦的人得到休息的地方，不像一個可以使憤怒的人得到撫慰的地方了。』

好好先生想。

『你想到些什麼？』太太關切的問。

『我們談談天吧。』好好先生含笑說。『毛毛還在那兒「做數學」嗎？那麼，你放心，再也不會有人來打攪了。』他找回了他的幽默感。『讓我來婆婆媽媽的講個故事吧。』

太太也笑了。他們兩個人眼光相遇的時候，好好先生心中一震，忽然想起二十年前他們兩個人在一個星期六晚上不出去看電影，卻坐在窗下剝花生談天的情景來了。

『你想要幾個孩子？』太太——不是太太，是一個還很年輕的大女孩子——太太問。

『兩個或者三個。』那時候，他隨口回答說。

『到底是幾個？』太太又問。

『兩個或者三個。』他還是這樣回答。其實他知道兩個是最合適的，但是他也知道小孩子是最好玩兒最可愛的，所以他希望「或者三個」。現在這三個就是：整天緊皺著眉頭的學究，正在不高興的伊麗莎白，還有雖然喜歡數學卻又淘氣得不得了的毛毛。

太太好像在好好先生的臉上發現了什麼，很好奇的注視了一會兒，開口說：『你眉毛上的「眉毛」好像比從前長了。』

『歲數大了，眉毛自然就長了。是不是像個長眉道人？理髮師照例不給我這個歲數的人修眉毛的。』

『希望你將來成為一個慈眉善眼的神仙。』

『謝謝。』好好先生說。他想起他想說的那故事。

『有一個演莎士比亞劇的演員。』他說。『這個演員「去」的是丹麥王子哈姆雷特，要替他被謀害的父王報仇。他演到確定謀害父王的就是當今的國王以後，正要高舉寶劍，高聲喊「復仇！復仇！」向仇人刺過去，忽然肚子疼了起來。但是他堅強忍受肉體的痛苦，冒著冷汗，照樣高舉寶劍，高聲喊「復仇！復仇！」把仇人刺倒，咬牙演完那場戲。

『戲散場以後，他回到後臺。劇場給他準備了消夜。他吃著，談著，忽然肚子又疼了起來。這一回，他不再堅強的忍受肉體的痛苦了。他推開桌子，踢開椅子，躺到地板上去，滿地打滾。』

太太展開了緊皺的眉頭，笑著問：『是不是這一回比上一回更疼啦？』

『不是。』好好先生說。『反倒沒有上一回那麼疼。』

『那是怎麼回事？』太太問。
『那是因為他已經回到後臺來了呀。』好好先生回答。
『含義呢？』太太問。
好好先生指著自己說：『我！每天我回到家裡，就有這種「後臺心情」。我覺得我回到家裡，就會變得比在外面的時候苛求得多。如果伊麗莎白是我的學生，不是我的女兒，對剛才所發生的事情，我一定會和顏悅色的勸說她。我一定不會隨便讓我的脾氣發作。我一定能耐著性子勸導她，感化她。我一定會考慮到我所用的每一個語詞。但是我認為我是在後臺，是在自己的家裡，所以我完全不考慮我的話是不是已經傷害了她。』
『不不不，你並沒有錯。』太太趕緊說。
『錯得太厲害了。因為是在後臺，所以我根本可以不受劇本臺詞的限制，我的話像黃河，像長江，滔滔滾滾。我一點兒沒有考慮到有許多話不是伊麗莎白應得的。相信在她的心目中，我一定不是一個親切和氣的好父親。』
『你不覺得你說這些話，正好表示你疼她疼得過分了嗎？』太太眼光中含著善意的責備。
『不不不。你忘了聖經裡的「愛」的定義了嗎？愛是恆久忍耐，又有慈恩。愛是不求自己的益處，愛是「不輕易發怒」——我為什麼為什麼做不到做不到這一點呢！』

『這就是你的「好父親」的定義嗎？』太太誠懇的問。

好好先生點點頭：『這是天下兒女所祈求的。』

『我會記住你的話。這也是「好母親」的功課。』太太看看牆上的掛鐘，站了起來。『可以開飯了。我去喊他們吃飯。』

好好先生遲疑了一會兒，下了決心說：『學究跟毛毛歸你喊。伊麗莎白讓我去喊吧。』說著，就向伊麗莎白的房間走去。

# 家！

好好先生坐在客廳裡讀晚報。客廳並不是很整潔。櫃形電視機的櫃頂上擺著一個大籃球和一件咖啡色的夾克。這兩樣東西使好好先生想到自己已經有一個大男孩子，綽號叫「學究」，剛回家不久；也使他想到等一會兒吃過晚飯，太太也許會有時間到客廳巡視，會微微皺著眉頭的一手抱籃球，一手提著夾克的衣領兒，去敲學究的房門，說：『跟你說過多少次，這兩樣東西不要擺在電視機上，要是有客人來，看到了多不雅觀。』學究一定會委屈的說：『自己的家裡，暫時放一下兒有什麼關係。』這個大男孩子，早已經認定電視機上是他每天回家隨手放東西的地方了。

客廳的地板上有兩隻小紅鞋，那是毛毛的鞋。這個小女孩子一回家，總是等不及似的踢掉腳上的鞋，匆匆忙忙的換上小拖鞋，跑去開冰箱找東西吃。那兩隻鞋總是一隻鞋頭兒朝東，一隻鞋頭兒朝西，或者一隻正放，一隻倒叩。好好先生很想走過去把兩隻鞋撿起來放好，但是他又想，溫暖的凌亂勝過帶著寒意的整潔，客廳裡能有這兩隻不守規矩的小紅鞋，正好說明他是一個有福氣的父親。

平日，他彎腰去撿鞋，總有一種吃力工作的感覺，要憋一口氣，等拿鞋站直了身子，才把那口氣吐出來。他知道自己已經是怕彎腰的中年人了，太太當然也是，所以他寧願替太太做這件事。有一次，他聽到太太撿鞋的時候，發出一聲很輕微很輕微的呻吟，臉發紅，並且有氣惱的表情。他下定決心替太太做這件事。他年輕的時候跳遠的成績不錯，起跳那一刻的緊縮腹部肌肉的動作他是熟悉的。

他面前矮茶几下的架子上，塞滿了過期的《皇冠》跟《婦女雜誌》，堆滿了舊報紙。那是伊麗莎白，他的大女孩子放的。伊麗莎白的房間是相當整潔的，不過她的整潔區只劃到房門口為止。她沒有摺疊報紙的習慣，看完了報紙總是隨手往茶几底下的架子一塞，然後回到自己的房間裡去。對她來說，她是尊重媽媽的，因為媽媽說過，看過的報紙不要隨便往茶几上一扔。

好好先生知道伊麗莎白心中的感覺。他自己有過這樣的經驗，看完報紙，隨手往茶几上一扔，心裡會覺得無比的舒適。家的可貴，就是那懶散，那不拘束。不過他很同情太太的辛勞，所以只有在看報的時候盡量靠著椅背休息，盡量把兩條腿伸得很長。看完了報，他會不知不覺的坐直了身子，然後把報紙摺整齊，整齊得像要放在報攤上出售那樣。他知道這會使太太心裡舒服一些。

他已經是中年人，懂得體貼。體貼就是愛，不宣傳的愛。體貼就是克制自己，稍微替對方著想。他知道人間所以有幸福，是因為有人甘願吃虧。母鳥一大早就飛出去找蟲兒回來餵小鳥。小鳥兒啾啾的叫著：『福氣，福氣！』那福氣，就建立在母鳥甘願少睡一會兒的基礎上。

如果有一天，母鳥抱怨說：『為什麼我就應該睡得那麼少？我真不甘心！』那麼，鳥窩裡的幸福就消失了。小鳥兒就會哭鬧，會『飢餓，飢餓！』的叫著。好好先生想到這裡，忽然覺得不安。他記得他有好幾次對學究跟伊麗莎白說過這樣的話：『你知道我每天工作很辛苦嗎？』他覺得自己很像一隻不甘心的母鳥。

簷下風鈴響，晚風起了，好好先生知道伊麗莎白回家的時刻到了，精神稍稍有點兒緊張。早晨，伊麗莎白是繃著臉出門的。他記得當時他心裡對伊麗莎白沒有一絲一毫的不滿。他也知道太太心中對伊麗莎白更是一片體貼。他後悔的是他不該跟太太有那一場氣氛並不十分好的辯論。那一場辯論，是為毛毛的一件小事引起的。毛毛拆散了一個鬧鐘，把一個好好的鬧鐘變成一塑膠袋的零件跟螺旋釘。

好好先生袒護這個九歲的愛迪生。太太為毛毛的破壞東西氣惱。好好先生睡眠不夠。他也知道太太昨天晚上熬夜替伊麗莎白改一條裙子，睡得更少。兩個人都變得不大能克制自己，都很敏感的覺得對方的每一句話都帶著尖銳的刺兒。他們一來一往，雙方剛說了不到十句話，正在低頭吃稀飯的伊麗莎白忽然放下筷子，抓起書包，重重的碰上大門，走了。

『伊麗莎白！』太太高聲喊著，追到門口，過了一會兒，才垂頭喪氣的回到飯廳來。

好好先生很驚愕的問：『走啦？』

太太很沮喪，低聲回答說：『我喊她，她不回頭。』

『是我不好。』好好先生說。

『我也有錯。』太太說。

想到這裡，好好先生抬起左腕來看錶，伊麗莎白早該在半個鐘頭以前回來，今天已經晚了三十分鐘了。他放下晚報，正準備仔細摺好，摺得整整齊齊的，像要放在報攤上出售那樣，電鈴就響了。好好先生正要去開門，太太比他動作更快，從廚房快步走出來，搶先去開了大門。

『回來啦！』這是太太的聲音。

沒有回答，伊麗莎白沒有回答。

好好先生在客廳裡等著。伊麗莎白繃著臉，走到房門口，說：『這個家！』就把房門關上了。太太緊跟在後頭，正要去敲門。好好先生伸手拉住太太，低聲說：

『你過來。』

太太也低聲說：『她到底出了什麼事，我總應該去問個清楚。』

好好先生和氣的說：『你不要問了，問了她也說不出口。讓她生生氣，對她反而好一點兒。』

『你把我弄糊塗了。你已經知道發生了什麼事啦？是學校裡，還是家庭？』太太說。

『家庭問題。』好好先生沉靜的回答。

『那麼是誰？是你，還是我？』

『你我兩個人。』

『我們做錯了什麼啦？我沒對她怎麼樣，你也沒對她怎麼樣啊！』

好好先生把左手的食指放在嘴唇上：『噓，輕一點兒。』

太太即刻換了一副打喳喳的聲音說：『告訴我，這到底是怎麼回事？』

『我們去看杜鵑花。』好好先生拉著太太的手說。他們走到沒有杜鵑花的院子裡，好好先生握一握太太的手說：『我們早上吵過架。』

『可是我們現在不是好好兒的嗎？』

『不錯。』好好先生失聲笑了起來。『伊麗莎白的想法可跟我們不一樣。她現在是十六歲，是一個「家庭批評家」。她不了解我們的感情，但是她批評我們的表現。我們表現不佳。』

十八年的婚姻生活，不但能使夫婦彼此不再掩飾心事，並且很可能使兩個人的相貌越來越相像，臉上有相似的表情。兩個人甚至會互相放心到不再掩飾心中的氣惱跟憤怒。夫婦就像一對「連體嬰」。他們最大的幸福建立在彼此值得對方信任的基礎上。小吵小鬧，他們都不放在心上。他們完全不拘小節。好好先生把他這個看法告訴了太太。太太也握握他的手，打給他一個「完全同意」的電報。

伊麗莎白要長大，要有獨立的思想，就必須先從批評這個世界開始。批評世界要從批評家庭開始。批評家庭，必然的，會從批評父母開始。父母是十全十美的，然後家庭才是十全十美的。家庭是十全十美的，然後世界才是十全十美的。伊麗莎白不了解大人為什麼在一個並不十全十美的世界上活得那麼有指望。她並不了解人類的進化有多緩慢，多穩重。她性急，暴躁，沒法子接受一個不十全十美的世界，沒能力發掘真實人生的意義。她「只有」十六歲，但是她的想法是她「已經」十六歲：好好先生想。

他跟太太說：『家是一個「多面體」。一家有五個人，這個家就會有五種形象。站在我的觀點，這個家是我的，我有一個好太太，有一個大兒子，有一個大女兒，有一個小女兒。我對我的家很滿意。站在伊麗莎白的觀點看，這個家是她的。她有一個脾氣古怪的哥哥，有一個任性淘氣的妹妹，還有一對整天吵架的父母。這個家真叫她心煩死了。』

太太忍不住笑了，說：『要是站在學究的觀點呢？』好好先生說：『從他的觀點看，這個家也好不到哪兒去。他有一個孤僻古怪的大妹妹，有一個淘氣得使人冒火的小妹妹，有一位整天嘮叨不停的母親，有一位永遠躺在沙發上讀晚報的父親。這樣的家庭，頂多只能打三十分。』

『有理。』太太說。

『那麼你呢？從你的觀點看呢？』好好先生含笑的問。

『非常滿意。』太太說：『有一位喜歡說教的好丈夫，有一個雖然粗心卻很好強的大兒子，有一個苛求可是思想深刻的大女兒，有一個好作怪可是很聰明的小女兒。我應該知足。我想，我們這個大馬戲團應該開飯了。』

好好先生點點頭說：『天黑了，我們進去吧。我想，以後我們還是少辯論的好。如果要辯論，我們就到馬路上去辯論。我們有責任讓伊麗莎白有一幅符合她的理想的家的圖畫。這是我們辦得到的。我們就這麼辦吧。』

好好先生跟太太又握了握手，互相交換一封「完全同意」的電報。

# 玻璃藝術品

好好先生從夢中哭醒。他由被窩裡伸出手來，摸摸臉，臉上有眼淚。雖然已經是深夜，屋裡的大電燈都滅了，只有桌上一盞五枝燭光的小電燈發出一些微弱的光，但是好好先生卻覺得那光已經夠亮，使臥室裡充滿了祥和的氣氛。

好好先生心裡感覺到從來沒有過的快樂跟幸福。他用自己腦子裡那種由想像的聲音構成的語言，告訴自己說：『我還活著，我還是活人，我要活下去，我要永遠跟我的一家人活在一起。』

好好先生不知道自己為什麼會做那個可怕的夢，不過他平日對心理學有濃厚的興趣，所以早就養成了探索夢的來源的習慣。他很理性的告訴自己說：『在我的少年時代，我不懂得生命的神聖和莊嚴，只知道這個世界上人人都對不可褻瀆的生命懷著虔敬心理。在我發覺我自己也有一個珍貴的生命跟別人完全一樣的時候，我心中充滿自豪的感覺。我發現人人看待自己的生命就像看待一個容易跌碎的珍貴玻璃藝術品，雙手捧著，小心翼翼的邁著小步，就怕自己一時失手，就怕自己被地上的石頭絆倒，跌碎了那件珍貴的玻璃藝術品。』

好好先生回想：『那時候，我發現我只要把那件玻璃藝術品拿在手上，高舉著手，說：「生命！」所有的人，臉上即刻就會露出恐慌的神色，彷彿都準備上前來規勸：「小心哪！快把手放下來，別把那個玻璃藝術品跌碎呀！這種東西是每人只有一個的，跌碎了是不能再補，不能再換的。」看到他們惶恐，我心裡非常快樂。生命真是一件法寶，只要高高舉起這件法寶，周圍的人都會跪倒在地上，一動也不敢動。』

好好先生心裡有些激動：『那時候，我最喜歡用這件法寶來對抗不順心的事情。我只要把玻璃藝術品向空中一扔，雙手放在背後，露出不想伸手去接的樣子，即刻就會有一百個人衝過來，像搶籃球似的，爭著伸手去搶救。有時候我遇到不如意的事，我就聲明：「我要把這件玻璃藝術品摔破！」所有的人就會即刻跪倒在地上求饒：「千萬千萬不可以這樣！你要什麼，你要我們怎麼做，我們都可以依你，完全照你的意思去辦。」可愛的法寶啊，有了它，我簡直可以征服這個世界！』

好好先生問自己：『後來我是怎麼從那可笑的境地裡走出來的呢？那是因為我發現了兩樣事實。第一，我注意到我的這件法寶並不能征服「所有的人」。我這件法寶所能征服的，只不過是少數最關心我的人跟最愛我的人。這件法寶對陌生的人並不起什麼作用。換句話說，這件法寶只能用來蹂躪最關心我的人。如果我真把玻璃藝術品摔破了，陌生人的反應不過是：「喂，看了晚報的社會新聞沒有？有一個人把玻璃藝術品摔破啦，你應該花一塊五毛錢去買一份來讀一讀。好可憐喲！」只不過是這樣子罷了。』

第二件事實是什麼？好好先生想：『後來我又發現，我越是倚賴我的法寶，我就越來越像一個懦夫，越來越像一個無聊的人。我盼望今天天晴，今天偏偏下雨，我也會說：「我要把我的玻璃藝術品摔破！」我只懂得不斷的恐嚇別人，卻忘了照料我的玻璃藝術品。別人都用絨布耐心的把他的玻璃藝術品擦亮，使他的玻璃藝術品發出迷人的光彩。我只懂得耍法寶，忘了應該耐心的把玻璃藝術品擦亮，使它發出美德的光輝，因此，我的玻璃藝術品上有塵土，有油垢，有指紋，變成一件最骯髒最醜陋的東西。別人的玻璃藝術品閃閃發光。我的玻璃藝術品是垃圾。』

現在，好好先生總算探索到他那個可怕的夢的來源了。他最近遭遇到一連串不順心的事情，又擔憂又害怕，因此少年時代那種可笑而不成熟的「心象」又回來了，趁他熟睡的時候，趁他軟弱的時候，那有病的「心象」復活，在他心中演了一場使他心碎的悲劇。

好好先生夢見了什麼？他很有耐心的回想：『這個夢，很顯然的，是受我讀過的一篇外國小說的影響。我夢到我已經死了，當然那是一種不名譽不光榮的死，是晚報社會新聞上的那種死。換句話說，我太軟弱無能，不得不又舉起我的骯髒的玻璃「藝術品」，在別人連知道都不想知道的可憐情況下，把我手上僅有的那一件垃圾摔破了。我變成一個遊蕩的「靈魂」，變成一堆會思想的痛苦的空氣。我聽得見，看得見別人，但別人聽不見，看不見我。』

夢中的情況，最初是很悲慘的：『我剛把我那一件骯髒的玻璃器摔破的時候，我看到我的太太哭得很傷心，我看到我的太太伏在我身邊痛哭：「我最愛最關心的人，為什麼要做出這種叫我失望叫我失望的事情啊！」我也看到「學究」握拳搥胸說：「爸啊，您平日是怎麼教導我們的啊？您今天所做的，是要教導我們怎麼做一個『懦弱的懦夫』嗎？」我看到「伊麗莎白」雙眼發直，鎖在自己的房間裡，喃喃的說：「存在是荒謬的，卡繆說得對！爸啊，你是一個聰慧的死先知，指出了我該走的路，對，存在是荒謬的！」小毛毛也哭著說：「我要爸爸活起來。我不要不能動的爸爸！」我那個夢的起頭確實是這樣。』

好好先生接著回想：『那時候，我對他們大聲喊：「我要回來！我不願意做一堆會思想的空氣！」可是他們聽不見我，也不理我。那時候我害怕了，知道自己真的完啦。』

『夢的第二部分是最動人的。我看到太太一個人堅強的站起來，抹乾了眼淚，說：「我們要設法安葬你的爸爸，我的同伴。學究，你幫助我。」學究很有志氣的說：「媽，一定！」我又聽到太太說：「伊麗莎白是軟弱的，不必去打攪她，反正她幫不上什麼忙。毛毛還小，很快就會忘記這件事。我們不要給她不良的心理影響，我們不能再哭。」學究很堅定的說：「是！」

『接著，我看到家裡變得越來越窮，太太堅強的苦撐著。學究是她的好助手，一邊讀書，一邊工作掙錢養家。伊麗莎白也常常開門出來走動。她變了一點，完全自發的去照顧小毛毛做功課。我在他們身邊大聲說：「讓我來幫忙吧！我也要跟你們一起奮鬥！」但是誰也看不見我，聽不見我。

『短短的三年時間，太太又使這個家恢復了小康。學究的嘴圈，有疏落的短鬍子，像個大人了。伊麗莎白也變成臉上有笑容的可愛的女孩子，毛毛仍然像往日那麼淘氣，但是不惹人厭，懂得說笑話逗人笑。屋裡非常整潔。這個家實在有朝氣。我愛這個又整潔又有朝氣的家。這個家應該是我的！

『我跟太太說：「雖然我做過逃兵，不過那是不得已的，讓我回來好不好？」我跟學究說：「學究，你好，我想回來，你答應不答應？」我跟伊麗莎白說：「好孩子，你變啦！一堆烏雲變成一個明亮的太陽。爸爸想回來，你歡迎不歡迎？」我也跟小毛毛說：「讓我回來吧，如果你想騎馬，我還可以做你的馬，只要你答應讓我回來。」他們都坐在客廳裡，聽毛毛說笑話，可是他們都看不見我，聽不見我，好像根本不認識我。天哪，我有家，但是我不能回去。我家裡的人，都拋棄了我。我是真正真正的完啦！

『我不停的喊他們。他們都很尊貴很愉快的在自己家的客廳裡談天。他們都不要我了。我放聲大哭。就這樣子，我在夢中哭醒了。』

好好先生擰一擰自己的大腿，覺得疼。他寬慰的說：『我還活著，讓我活下去。我絕對不跟他們分開，我要做這個家的一份子，跟他們生活在一起。』

好好先生因為心裡激動，就做了一件荒唐的事，把睡得很好的太太搖醒。

『你怎麼了？是不是身體不舒服？要不要我起來幫忙？』太太柔和的說。

『不不不，你不要起來。』好好先生說。『我只是想問你一句話，你們歡迎我回來參加你們的生活嗎？』

太太含笑說：『好好兒休息。明天早上有三個孩子要上學，我要起來準備三個不同口味的飯盒，事情不簡單哪。不管你夢到了什麼，等天亮了再告訴我，好不好？』

好好先生抱歉的說：『實在對不起。我只跟你說這麼一句：我做的這個夢，給了我一個新的人生觀。』又忍不住說：『你想不想聽？』

太太含笑的閉上了眼睛說：『天快亮了。別忘了那三個飯盒。』

好好先生雖然找不到談話的對象，至少卻有一件事是確定了的：他要珍惜他的玻璃藝術品。

# 給金魚換水

好好先生嘆了一口氣，又嘆一口氣，再嘆第三口氣。『家到底是什麼？』他問自己。『家是一群凡庸的人吃飯洗澡睡覺的地方呢，還是一群野心家的旅館？為什麼有些家庭裡有家庭溫暖，有些家庭裡只有家庭寒冷？家到底應該是什麼？』

好好先生有一次聽到一位家庭主婦嘆氣說：『在我們家裡，人人需要家庭溫暖。先生是大企業家，雄心萬丈，每天回家以後還繼續不停的打電話，但是他渴望家庭溫暖，希望別人能給他這種溫暖。兒子熱心社會工作，每天忙著調查這個，調查那個，雖然回家吃飯，可是永遠不遵守時間。他一回家就忙著整理表格，同時渴望著家庭溫暖，希望別人能給他這種溫暖。女兒是未來的女作家，從學校回來就關門閉戶，躲在自己的房間裡寫作，吃飯要喊三回，早上起床要喊她五次。她也渴望家庭溫暖，希望別人能給她這種溫暖，常常埋怨這個家太不溫暖了。

『我熱愛音樂，巴不得把所有的時間都拿來練琴。我對鋼琴彈奏已經有相當的心得。我也渴望家庭溫暖，希望別人能給我這種最珍貴的人間溫暖，可是誰給我？

靠先生嗎？他早把他的溫暖給了電話機。他一回家就忙著打電話，有時歡樂有時愁的守在電話機旁邊，就像一個到我們家來借用電話的客人。

『靠兒子給嗎？他早就把他的溫暖給了調查表，一回家就忙著做統計，專心致志，就是家裡的熱水器爆炸了，也不見得能叫他抬起頭來。靠女兒給嗎？她的房門鎖得那麼緊，只怕有噪音從門縫兒鑽進去，只怕靈感從門縫兒溜出來，如果真用起重機把她的房間搬到山上去，蟲鳴鳥叫代替了都市噪音，她也不見得就能聽得出不同來。

『一個家總不能完全沒有一點溫暖，既然大家都不能給，只好我給了。我給先生布置仙境一樣的客廳，讓他打電話的時候有一種氣氛。我一天準備六頓飯，適應不同的人不同的時間跟不同的口味。我含笑歡迎每一個人回家，含笑歡送每一個人出門。我忙得團團轉，忙得筋疲力竭，大家臉上才有一點笑容，承認這個家庭是溫暖的。

『我從此不再彈琴，完全放棄我的音樂，只有家裡有人認為應該有一點音樂氣氛的時候，我才坐到鋼琴前面，彈他們給我的指定曲，就像我是在咖啡館服務一樣，唉！』

這位主婦的話，給好好先生很深的感受，激起了他濃厚的研究興趣。他是那麼樣的疼愛「學究」、「伊麗莎白」跟小毛毛，那麼樣的關心他們的幸福，所以忍不住的替主婦所提到的那個兒子、那個女兒設想起來。

那個兒子一回到家裡，一定會一肚子的不高興，說：『這是什麼家！什麼叫家庭溫暖？簡直是家庭寒冷。我回到家裡，根本沒有一個人理我。父親只知道興高采烈的打他的電話。母親只知道轟隆轟隆的彈她的鋼琴。妹妹把門鎖得嚴嚴兒的，把自己跟大家隔離起來，就像是怕受污染似的。沒有人了解我，沒有人關心我。家是一個可怕的地方。家是一個冰窖。多寒冷啊，我的家！』

那個女兒一回到家裡，也一定會對家庭不滿。她會說：『這也叫家嗎？摁了半天電鈴，沒有一個人來開門，好像不歡迎我回來似的。父親只知道跟電話裡的那個人辯論。我走進客廳，他連知道都不知道。母親只知道躲在琴室裡彈琴，一邊彈一邊得意的搖擺著頭，她哪裡還記得她有我這麼一個女兒！我那個哥哥，除了對我做調查跟我說過一次話以外，從來就不關心我。除非老師叫他調查什麼高中女生心理，不然的話，他是不會想起他有我這個妹妹的！』

還有那位父親，他恐怕也會這麼想：『我做牛做馬，還不是為了家庭經濟？可是你看看大家怎麼歡迎我！進門沒有人幫我換拖鞋，沒有人遞給我飲料。我的太太只關心她的十個手指頭該怎麼按琴鍵，專心得連頭也不肯回一回。兒子只關心那些表格，忙得連頭也不肯抬一抬。女兒關緊了房門，就怕我去打攪她。不但這樣，我打電話他們還嫌吵。他們真「歡迎」我！』

好好先生聽到一陣輕輕的腳步聲。他抬頭一看，太太端著一杯茶，含笑的走過來了。他趕緊站了起來，笑咪咪的說：『謝謝你呀，真不應該麻煩你！』

太太很驚訝的說：『你今天到底怎麼啦？跟我客氣起來了？』

『你的犧牲感動了我。』好好先生說，『我不知道應該怎麼感謝你才好。』

太太臉上露出說私話的笑容，低聲的說：『公司裡排演話劇啦？你也參加了對不對？這是哪一個劇本裡的啊？』

好好先生也覺得自己有點兒失了常態，趕緊接過太太手裡的一杯茶，輕輕的說：『坐下來，我真想跟你好好兒的談談。』

太太輕鬆的坐在好好先生身邊，伸出左手的食指，在空中點了點。說：『只談十分鐘。爐子上那一壺水開了以後，我就去給大家下餛飩吃。只談十分鐘好不好？』

『好。』好好先生說，『三年以前，你說過要把那一套二十幾本的《歷朝通俗演義》看完對不對？現在你看了幾本啦？』

太太輕輕的嘆一口氣說：『還沒開始看哪。』她的臉上有淡淡的紅暈。

『為什麼不看？』

『你忘了，咱們有一個家。』

『你儘管看。我幫你的忙。我可以洗碗。我可以掃地。我可以幫你洗米，摁電鍋做飯，還可以幫你洗菜，幫你招呼小毛毛洗澡。明天你就開始看吧。』

『你是好意，不過我不打算接受。』太太伸手拍拍好好先生的膝蓋說。『我不希望改變，還是照老樣兒的好。你還記得那句話嗎？有一位主婦說，每一個主婦都是一個專家。那句話很有意思。』

『你跟我提起過。』好好先生說。

『你還記得她說的是哪一種專家嗎？』

『不記得了。』

『懂得怎麼做「光榮僕人」的專家。』太太笑著說。好好先生臉上也泛起了淡淡的紅暈。

『你用不著覺得抱歉。家本來就是這樣子的。』太太很愉快的說。『十分鐘雖然還沒到，我還是先去準備包餛飩的好。有話就留到飯桌上去說吧。』

太太走了以後，好好先生心裡有了一個奇異的想法：『人人都珍惜家庭的溫暖，認為那是人間的第一福。可是大家都忘了這種溫暖並不是從天上掉下來的。想得到這種溫暖，必須付出很高的代價。人人都知道居禮夫人是一位偉大的女性，但是忘了居禮先生跟居禮先生的父親是偉大的男性。居禮先生多少是放棄了自己的興趣，協助夫人做同一的研究。居禮先生的父親，更是放棄一切，一心為兒媳婦分擔家事。』

好好先生想起一個父母都很出色的男孩子的抱怨來。那個十七歲的男孩子說：『我的父親是一位出色的企業家。我的母親是一位出色的女主管。我們的家根本不像家，他們經常不在家。有時候他們對我表示關心，我總覺得那是假的。我們家裡少了一個真正關心這個家，真正把時間都用在這個家裡的人，所以我們的家一點兒也不溫暖。』

好好先生忽然悟出了兩句有趣的格言來。

第一句是：『凡庸的父母雖然一無成就，卻往往能給子女一個比較溫暖的家庭，使子女享受更多的幸福。』第二句是：『希望家庭溫暖是真貨色，就要付出充足的代價。』

電話鈴響了，是一位企業界的朋友打來，邀好好先生過去打打衛生麻將。好好先生撒謊了，他說他感冒，需要休息，婉辭了這一場事業上的應酬。他放下電話，心安理得的去給金魚換水。他知道這樣做會使自己失去一些賺錢的機會，但是他追求的是另外一種更有價值的東西。他要讓太太、學究、伊麗莎白、小毛毛快樂一點，也讓金魚快樂一點。

## 聽眾

晚餐桌上的談話越來越不像從前那麼愉快了。好好先生不止一次感覺到自己的口才像是退步了許多。他想發揮的，根本發揮不出來。他所說的笑話，總是像射偏了的箭，不能得到預期的效果，根本沒有笑聲起來呼應。『難道我的口才真的退步啦？』他想。

最讓好好先生覺得困惑的是，只要換個場合，在不同的地點，在不同的聽眾面前，他的語言就會流利起來，他的笑話就會像神箭手射出去的箭，每一枝都打中了紅心，總會有預期的笑聲起來呼應：大笑話有炸彈似的大笑聲，小笑話有鞭炮似的小笑聲，估計該有什麼樣的笑聲，結果就必定會有那麼樣的笑聲，精確得跟瑞士出品的手錶一樣。

他不得不從另外的角度來探討真正的原因。太太在飯桌上談話的時候，他細心的觀察。「學究」的眼睛注視著自己的鼻尖兒，臉上的表情完全是聽訓話的表情。更使人心驚的是，他那像一座石膏胸像那麼規規矩矩的態度，並不給人細心傾聽的印象。那規規矩矩的態度像一個關得緊緊的門，門背後似乎有些重要的事情正在熱熱鬧鬧的進行。好好先生很明顯的看出學究不是在那兒聽。學究顯然是在那兒想自己的事情。

如果太太突然住口，然後考一考學究：『學究，我剛剛說了些什麼？』學究很可能聽不出那是太太特別指名叫他回答的問題，一定會一點兒也不警覺的以為太太還在那兒繼續講她的故事，好好先生想。

伊麗莎白的神氣又是另外一個樣兒。她幾乎是不露痕跡的微微皺著眉。她夾菜、扒飯、喝湯，都帶著誇張的認真。她雖然不出聲，但是整個神態卻在那兒說話：『媽大概快說完了吧。為什麼媽不把話說得簡短一點。一樣的意思已經重複了三遍了。』

在那樣的氣氛裡，小毛毛成了一個極力想打破現狀的人。

太太說：『早上我正要去買菜——』

小毛毛說：『今天怎麼沒有蝦？』

太太說：『我通常都是八點鐘去買菜的——』

小毛毛說：『今天怎麼不吃蝦？』

太太說：『八點鐘以前我總要梳梳頭——』

小毛毛說：『今天怎麼不吃蝦？』

太太說：『我已經好久沒燙頭髮了——』

小毛毛說：『今天應該吃蝦。』

太太說：『我一向在「巴黎」燙頭髮——』

小毛毛說：『好幾天不吃蝦了。』

太太說：『毛毛，你是怎麼回事？不讓媽媽說話？』

好好先生注意到太太說話不是往前進行的，竟是往後倒退的。這是一種信號，是有驚人的事情要報告的信號。這是太太慣用的賣關子的方式。她要讓聽的人忍耐不住：『到底你正要去買菜的時候發生了什麼事？』她這才很得意的跳回起點，改用順時間的方式來敘述。

學究跟伊麗莎白，小時候對這個是要提抗議的：『媽，快點兒說嘛，到底出了什麼事情？』

可是現在不同了。儘管太太由一向在「巴黎」燙頭髮退回到她認識「巴黎」的老闆娘，由「巴黎」的老闆娘退回到老闆娘喜歡吃豬油，由老闆娘喜歡吃豬油退回到現在豬油漲價了，學究跟伊麗莎白並不提出任何抗議。

好好先生發現他跟太太遭遇到的新情況完全一樣：聽眾還是從前的聽眾，但是聽眾的身上起了變化。聽眾不願意再當聽眾。

『他們要的是什麼？難道他們希望吃飯的時候鴉雀無聲？難道他們連在自己的家裡也要講究「沉默是金」？』好好先生不懂。

『以後我們還是少說些話好，孩子們厭煩了。』他說。

『哪兒會有這種事？不可能的。』太太說。『說不定我們得找些新話題，老話題他們聽膩了。』

『我想不是話題的問題。我想大概是我們的聲音。』

『你是說，我們的聲音變得難聽啦？』太太笑著說。

『說不定真有這樣的事情。』好好先生說。『人的歲數大了，聲帶的音質改變了，聽起來沒有從前悅耳，就像一張古琴。』

『很有意思的想法——沒這個道理！』太太笑了。

有一段日子，好好先生總覺得自己應該去看看心理醫生，因為每次他在飯桌上正要開口說話，就會聽到一個聲音說：『又來了，又要開始折磨人了！』他寧願不開口，可是他不習慣有意見不發表，不習慣有笑話不說。

『既然孩子都喜歡靜，我就少開口吧。』他告訴自己。

有一天好好先生回家，掏鑰匙打開大門，聽到學究的房間裡有笑聲。那笑聲不是學究的笑聲。那笑聲是爽朗的，像一個彈性很好的皮球；像是有一個孩子在那兒踢這個皮球，控制著這個皮球的活動。笑聲一停，就有另外一個人開口說話。他熟悉這個聲音，這是他的十八歲的兒子的聲音。這聲音裡充滿了信心，聽起來確實是很使人愉快的。學究完全不像平日在家裡出現的學究，那音色還是同樣的音色，但是人好像變了另外一個人。

學究是主動的，控制著對方的情緒的。學究是自由自在的，不受拘束的。好好先生細聽話的內容，原來學究正在說一場籃球賽。學究形容一個高個子怎麼跳起來轉身投籃，對方的球員急了，怎麼趁那高個子身體懸空的時候想出手抓他的腰，高個子的右腳怎麼往後踢，對方的球員怎麼就勢捉住高個子的小腿，高個子怎麼趕緊出手投籃，雙手怎麼著地，怎麼在球場上拿起大頂來。最妙的是那球沒投進，落下來，正好被他自己的雙腳接住了。

好好先生幾乎脫口說：『球場上這種事情是很平常的。人在專心打球的時候，常常能做出許多平日做不到的事情。專心是很要緊的，就拿你學校的功課來說吧——』

從學究房間裡傳出來的，卻是一陣大笑：『妙哇，妙妙妙！』這當然是學究的同學的聲音。

好好先生心中靈光一閃：『如果我是學究，我一定也會認為這個時刻是我最快樂的時刻。我說得自由自在，而且只說給喜歡聽我說話的人聽。』

他本來想走進學究的房間去跟學究的同學打個招呼，但是他並沒進去。如果他進去的話，他等於進去把學究的快樂帶走。他輕輕的走過學究的房間，像一隻貓。這隻貓一直走進了廚房。

太太正在廚房裡準備晚餐。『回來啦？』她說。

好好先生含笑點點頭。他有心把自己的心得告訴太太，但是太太卻搶了先：『今天下午我一進門——我通常是五點五十分就到家的，可是今天為了買兩塊香皂——我們家的香皂已經用完了——最近香皂用得很快，我想是毛毛拿去泡水吹肥皂泡——她總是弄得客廳的地板全是肥皂水，走路不當心會滑一跤——你剛剛是怎麼進來的？歲數大了，走路應該慢慢的才好——』

好好先生笑著說：『像是一隻貓。』

『你怎麼知道？我說的就是鄰家的那隻貓。我一開門，那貓就由門裡向外一躥。嚇了我一大跳！』太太說。

『其實我什麼也不知道。我是想告訴你，學究的同學來了。』好好先生說。

『這個我知道。』

『他們兩個好像談得很高興。』

『不錯。』

『全是學究一個人在那兒高談闊論。』

『是那樣兒。』

『學究的心情好像特別好。』

『對。』

『你知道什麼原因嗎？』

『你說說看。』

『學究找到他的聽眾了。』好好先生說。『這幾年來，在飯桌上，學究和伊麗莎白一直是我的聽眾，你的聽眾。所以我現在弄明白了，並不是我的聲音變得難聽，也不是我的聲帶出了問題，實在是孩子們已經有了發表能力，我們卻一直要求他們只當聽眾，無條件接受我們所下的這個結論，那個結論。』

太太笑了：『你的意思呢？』

『我們也該當當孩子的聽眾才對。剛才我聽學究談一場籃球賽，談得實在精采。這麼精采的談話，不該只有他的同學才有權利聽，他的父母也應該有這個權利才對呀！』

# 一朵金色的小燭光

好好先生在家裡，有時候要扮演法官的角色。法官的職務是分辨是非，判定曲直，公平的解決一切爭執。這是個很重要的職位，不過卻很難做得好，他想。

「學究」跟「伊麗莎白」常常有爭執。「伊麗莎白」跟「小毛毛」也常常有爭執。還有，「小毛毛」跟「學究」同樣的免不了爭執。這些無窮的爭執，使好好先生的心境變顏色，有時候由碧綠碧綠的變成淺灰色，有時候由碧綠碧綠的變成漆黑一片。好好先生總盼望自己的心境能永遠是青山綠水，但是孩子們的爭執使他心裡有狂風，有驟雨。

這些無窮無盡的爭執，使好好先生忍不住羨慕起只有一個孩子的家庭來。『只有一個孩子的家庭，一定不會有吵架的事，除非自己跟自己吵。』他想。

學究跟伊麗莎白的爭執，是為了一枝鋼筆。這枝鋼筆是好好先生的鋼筆。那是他有一次參加一個招待會得來的贈品。『就放在這中間的抽屜裡，誰需要就拿去用。』他說過這樣的話以後，那枝鋼筆就成了伊麗莎白的鋼筆了。同時，學究也成了最需要那枝鋼筆的人。有一天，學究要寫小字兒，所以就打開伊麗莎白的抽屜，拿走那枝筆，那枝筆尖很硬很細的鋼筆。

『因為我需要！』這是學究後來為自己分辯的時候對伊麗莎白所說的話。

伊麗莎白走進學究的房間，要取回那枝鋼筆。

『這根本就不是你的鋼筆！等我抄完這兩頁筆記再交給你去用。』學究當時是這麼說的，但是伊麗莎白不滿意學究那『這根本就不是你的鋼筆！』的說法。她大概是心情並不很好，所以她伸手搶筆。學究的心情大概也不很好，所以就閃電似的舉起胳臂去擋那閃電似的伸過來搶筆的手，不小心一拳打在伊麗莎白的臉上。

像伊麗莎白那種性格的女孩子，一定會認為打臉是最大的侮辱。像學究那種性格的男孩子，一定會認為防衛搶奪是男孩子不能少的丈夫氣概。哥哥跟妹妹在憤怒昏亂中有一場小型的拳擊。這場小型的拳擊，對學究來說，含有教訓對方的意味；對伊麗莎白來說，含有抗暴的意味。那音響很使好好先生心驚，他匆匆忙忙衝進學究的房間。他一出現，拳擊也停止了。

那是一個使他很難處理的場面。他知道自己臉上一定帶著怒意，因為他感覺到自己身上的血液循環得快極了。他感覺得到自己就像一個點了火的爆竹。他的第一個衝動就是要訓斥他們一頓。

他知道自己很可能這樣開始他的訓斥：『住手！這到底是怎麼回事？在我們的家裡，是根本不允許有這樣的事情發生的。你們真應該覺得慚愧。』

他也很可能因為這件事太叫人氣憤，改用了另外一種口吻：『住手！這像什麼話！天底下還沒見過有兄妹打架的，成什麼體統！』

他也很可能因為氣昏了，用第三種口吻說：『快給我住手！打什麼架？像兩隻畜牲。真不害臊，簡直是丟我的臉！』

然後，他很可能就會有一段很長的自我表白：『我辛辛苦苦，圖個什麼？還不是為了這個家！我早起晚睡，折磨自己，還不就是為了使你們能過舒適的日子，用不著擔心受冷挨餓！你們是怎麼報答我的？吃飽了飯沒事兒幹，打架！我日夜為你們操心，你們哪一分鐘真正的想到我？我並不希望你們怎麼報答我，只是希望你們懂得道理，懂得照顧自己，免得我操心罷了。我已經盡了我這方面的責任。你們呢？打架！』

然後，他很可能這樣責備學究：『你，學究，是哥哥，怎麼可以打起妹妹來呢？不管伊麗莎白怎麼不對，怎麼不應該，也輪不到你打她呀！你想表現什麼？表現你的勇氣？表現你的力拔山，氣蓋世，像一個楚霸王？你打贏了，只能證明你有傷害弱小的本領，證明你偉大，偉大得能欺負任何一個人。對不對？你想表現的就是這一點嗎？』

然後，他很可能這樣責備伊麗莎白：『你，伊麗莎白，你是妹妹。你這個做妹妹的，已經強壯得能跟哥哥打架了！做妹妹的應該尊敬哥哥，服從哥哥，可是你想做的是一個天不怕，地不怕的妹妹。你想讓哥哥也服從你，聽你支配。我並沒說過那枝鋼筆應該是你的。我說過那種話沒有？我不過是說，誰需要的就可以拿去用，用完就放回我的中間抽屜。可是你想的是要霸占那枝鋼筆，其他的人誰也不准用。你對待自己的哥哥太小氣啦！』

他知道這一切都是可能的。如果他沒有力量抑制自己的衝動，這一切都是可能的。在心中有了狂風，心中有了驟雨的時候，心中那一枝小小的蠟燭，那一小朵金色的燭光，是很難不熄滅的。這只有靠理性跟愛，只有理性跟愛才能護住那一小朵金色的燭光像兩隻小心翼翼的手。

『只有法官才能夠判決是非曲直，只有法官才能夠判定那個並不犯法的人無罪，只有法官才能夠處罰那個有罪的人，因為法官並不跟那些原告、被告住在一起。法官也沒有責任叫無罪的人跟有罪的人相親相愛，和睦相處。父親就不是這樣。父親不能判哪一個子女有罪，哪一個子女無罪。父親並不是法官。父親應該是一個不判罪的和事佬。如果一定要說父親也會有像法官的時候，那麼這位父親法官所根據的法律就是「愛法」跟「寬恕法」。父親法官如果開庭，他開的是永恆的和解庭。』好好先生想。

學究在平日是很能愛護妹妹的。他會幫妹妹做些事，會幫妹妹解決困難。伊麗莎白在平日也是很能敬愛哥哥的。她從來不批評哥哥。有好吃的東西，也忘不了給哥哥留一份兒。他們都是不喜歡打架的孩子。唯一能夠解釋他們為什麼打架的，只有一個原因：他們情緒上都有某一種程度的緊張。他們一定是在哪一方面承受了過重的壓力，需要一次「爆發」來解除。

是哪一種壓力造成他們情緒的緊張呢？探索那原因，並不是父親的責任。一個父親的責任是做一次示範，做一次用「愛」跟「理性」來解除緊張的示範。一個好父親的責任最簡單，但是卻最不易辦到。探索原因，判定是非曲直，最不容易，但是一個父親卻最容易受誘惑去那麼做。好好先生決計做那最簡單卻最難辦到的。他要護住暴風雨中那一小朵金色的燭光。

他先抑制住那訓斥的衝動，然後抑制住自怨自嘆的衝動，然後又抑制住判罪的衝動。他要盡一切的努力，穩定自己的情緒。他要用手護住那一小朵金色的燭光，小心翼翼的走進暴風雨裡去。

他深深的吸了一口氣，使自己的臉色恢復平和安詳，然後輕輕的扶著伊麗莎白的肩膀，平靜的說：『伊麗莎白，來，爸爸陪你到你的房間去靜一靜。不要難過，什麼事情爸爸都會盡力替你解決。』

他陪伊麗莎白回到房間裡，讓她坐在自己的椅子上歇著，給她倒了一杯涼開水。『你先靜一靜，有什麼話等一下再告訴我。我走開，讓你靜一靜，好不好？』他說。

好好先生輕輕的又走回學究的房間，伸手摟著學究的肩膀說：『你需要這枝鋼筆，你就留下來自己用吧。伊麗莎白如果也需要用，我會另外給她買一枝。你先歇一歇，靜一靜，筆記可以等一下再抄，現在抄是抄不好的。對不對？』

學究沒有回答，只拿起桌上的筆帽來，套在鋼筆上，然後站起來，拿著鋼筆向房外走去。好好先生覺得自己的情緒又緊張起來了，就緊緊的跟著。學究走進伊麗莎白的房間，好好先生向前跨了一大步，站在兩個大孩子的中間。

學究輕輕把鋼筆放在伊麗莎白的書桌上，轉身又回到自己的房間去了。好好先生覺得心中那一朵金色的小燭光忽然亮了起來，像一個小太陽。他跟在學究背後，剛走到房門邊，就聽到伊麗莎白喊他的聲音：『爸啊！』

好好先生回過頭去，含笑的看著伊麗莎白。

伊麗莎白拿起桌上的鋼筆，伸直了胳臂。好好先生不覺的也把手伸過去接。

『還是讓哥哥先抄完筆記再還給我好了。』伊麗莎白平靜的說。

## 杜鵑花

『每一對父母，過了四十五歲以後，都會有一種「失落心理」，總以為他們已經失去了子女。』好好先生想。『這種心理現象，正好跟孩子剛出生的那段時期完全相反。孩子剛出生的時候，儘管事實上是孩子離開了母親的身體，但是父母卻認為他們是「得到」了一個孩子。現在，孩子明明就在眼前，天天看得見，但是父母卻一再的感覺到憂傷，認為他們早已經失去了孩子。』

好好先生有一天看了一部電視影片，有一個鏡頭，是一隻小獅子依偎在母獅身邊的情景。母獅的表情是懶散而且得意的，就像一個畫家跟他的一幅傑作在一起拍照。畫家並不把右手伸向那幅油畫，做一個「介紹的手勢」，也並不同時伸直左手的大拇指，像是說：『瞧本人的這幅傑作！』畫家的表情是懶散的，好像那幅出色的畫跟他不相干；但是他眼中流露的得意卻是掩蓋不住的。別人看得很清楚，就像看到沙漠裡一個男人騎駱駝。

好好先生看了那段電視影片以後，心中憂傷，暗暗嘆了一口氣：他總覺得「學究」跟「伊麗莎白」心中早就沒有他，他早就失去那兩個大孩子了。

好好先生很想跟學究談談這種心理現象，好好兒的談一談；不過他也早料到這個十八歲的兒子會有什麼反應。

『不要再「研究」我好不好，爸啊？』兒子一定會這樣說。

好好先生不懂。為什麼他一跟學究談到學究的童年，一跟學究吐露心中的情感，學究就會帶著怒意的說：『別老是談這些柔性的東西好不好？』為什麼？

有一次，他心中充滿柔情，向學究追述學究十二歲那一年父子兩個一起去釣魚的往事。他描寫得很用心，每一句話都帶著「歌頌美好的老時光」的意味。學究用『你不要那麼造作好不好？』的眼光逼視著他，使他所說的話越來越無力。最後，學究帶著倦意的跟他說了兩個字，使他灰心住口。學究說：『算了！』

『算了！』這兩個字真使好好先生心驚。這兩個字，從前他也說過，是對自己的父親說的，在自己二十一歲的時候。他的父親，也就是學究的爺爺，向他敘述他十三歲的時候，父子兩個人去爬山，假想在深山裡遇到強盜，做出許多有趣的舉動的情形。

『我現在越來越像一個自私的父親啦！』好好先生笑著，在心中責備自己。

他知道一個十八歲的孩子心裡想的是什麼。他應該知道，因為他經歷過。一個十八歲的孩子早就有自己的「人生」了。

好好先生想起「大氣的壓力」像「社會的壓力」，「社會的壓力」像「大氣的壓力」。一個四十八歲的人，早就能夠適應社會的壓力。他承受得了。他在那壓力下工作得很好，生活得很好。他完全忘了最初承受這種壓力，並不是很好受的。

「社會的壓力」並不是對十八歲的孩子所承受的那種壓力的最好的形容。還應該有一個更好的名稱。「社會的壓力」這名稱所指稱的太狹窄，太具體了。十八歲的孩子所承受的，是一種無處不在，無時不在的「人生的壓力」！一個四十八歲的人向十八歲的孩子談人生，儘管句句都是實話，句句充滿智慧，對一個還不能適應這種壓力的孩子來說，竟是句句不痛不癢。

已經能夠適應人生壓力的四十八歲的大人，跟一個初次承受這種壓力的十八歲的孩子，所看到的人生風景是彼此完全不相同的。四十八歲的心境是平和清明，十八歲的心境是激動昏迷。

『人生的壓力算不了什麼，只要我們能夠……』這是四十八歲的人的「說教」口吻。

『多可怕呀，我怎麼辦？來吧，我不怕你！可是它多可怕呀，我怎麼辦？你來吧，我總不能怕你！』這是十八歲的人的「感覺」。

一個十八歲的孩子在跟魔鬼摔跤的時候，他要父母承認那是一場「公平的決鬥」。他會要求、懇求，在父母抓起掃帚衝進場子裡要幫忙的時候，他甚至會哀求，哀求父母退出場子，在旁邊靜靜的做觀眾。每一個十八歲的孩子都是一個英雄，他愛面子。

『一個十八歲的孩子也是自私的。』好好先生含笑的想。『他也需要幫助。他所需要的最大的幫助，就是：在他完全顧不得父母心中感覺的時候，父母仍然照料他，而且絲毫不攪擾他。換句話說，他需要的是「對父母來說是非常不公平的」那種幫助。』

『一個十八歲的孩子有時候是很不講理的。他需要適時的幫助。不適時的幫助儘管是好意，他卻會為那「不適時」大發脾氣。他在人生的壓力下掙扎像一個苦鬥的英雄，但是他忽略父母心中的感覺，像一個小暴君。』好好先生指的是他自己，他做過那個小暴君，在十八歲的時候。

伊麗莎白的房間裡傳來太太溫和的聲音：『晚上睡覺一定要蓋被子，不能一覺得熱就把被子踢開。天快亮的時候天氣特別涼，最容易感冒的了。』

『是，媽媽。』伊麗莎白的聲音裡微微帶著點兒不耐煩。

好好先生不知道太太是什麼時候又到這個十六歲的女兒的房間裡去的。他回想一下，記得這是今天早上太太第四次走進那個房間。他也記得四次談話都環繞著同一個主題：不要踢被子。

他同情太太。他知道太太的心裡所想的是：『我的伊麗莎白，我的伊麗莎白，我的伊麗莎白。』太太太疼伊麗莎白，所以完全相信伊麗莎白心中所想的也是：『我的媽媽，我的媽媽，我的媽媽。』

好好先生也同情伊麗莎白，因為他自己也「十六歲」過。

『伊麗莎白現在大概正在想，她的同學麗娟到底是怎麼回事，為什麼能夠一天到晚笑咪咪的，為什麼那麼受人歡迎，為什麼人人總是容易被裝模作樣的人迷住。這些問題，對伊麗莎白可能是非常重要的，可是太太卻要她想「不要踢開被子」。』

好好先生知道「叫伊麗莎白不踢被子」，事實上對太太並不那麼重要，重要的是「跟伊麗莎白說話」。跟伊麗莎白說話總得有一個話題，「不踢被子」就是那話題。其實，「話題」對太太也並不重要，重要的是「伊麗莎白」。

這是太太第五次走進伊麗莎白的房間，好好先生聽到了。他也聽到太太輕輕的說明理由，那是為了找一個忽然不見了的小紙盒。

『晚上睡覺實在應該小心。』太太說。『我有一次就是因為天氣太悶熱，就把被子掀開了睡。第二天早上醒來覺得很不舒服，摸一摸腦門，嚇一大跳，原來發高燒了。所以我勸你，千萬千萬不可以任性——』

『媽！我求求你。』這是伊麗莎白的聲音，那是一種苦惱萬分的聲音。『我只不過踢一次被子，你就要說這麼多回。這已經是第五遍啦！』

好好先生知道伊麗莎白的話，會給太太什麼樣的感受，但是他又不能不同情伊麗莎白，他聽得出伊麗莎白說話的時候帶著一點點他才聽得出來的哭聲，他知道這是他行動的時候。

『太太，你快來，院子裡那盆杜鵑開花啦！』好好先生說。

『我知道。早上我到院子裡去，已經看到了。』太太在伊麗莎白的房間裡回答，並沒有離開的意思。

『我說的是另外那一盆。』好好先生說。

『我也看到了。』太太仍然逗留在伊麗莎白的房間裡。

『我說的是那第三盆！』好好先生說。太太帶著事情還沒辦完的神氣，用『你真叫人分心！』的埋怨的眼神看著他，依依不捨的從伊麗莎白的房間走出來。『花在哪兒？』她說。

『你應該讓伊麗莎白靜一靜。』好好先生輕輕的說。

『我？我做錯了什麼了嗎？』太太驚愕的笑著說。

『我給你背幾句古文好不好？』好好先生和氣的說。『掐頭去尾，就背四句：「愛之太殷，憂之太勤，旦視而暮撫，已去而復顧」。這是柳宗元〈種樹郭橐駝傳〉的句子。』

太太微微紅著臉說：『不管怎麼樣，伊麗莎白是我們的孩子，不是嗎？』

好好先生伸手輕扶太太的肩膀說：『我們兩個畢竟還只是中年人，還不夠資格說我們真懂得人生。做父母是一門艱深的功課。不過我知道伊麗莎白不會永遠是我們的「孩子」。她現在已經不是。她很快就會變成大人。如果我們好好對待她，她將來會做我們的朋友。』

『你是叫我不去理她？』太太的笑容帶著一點淒涼滋味。

『不是。』好好先生安慰她說。『我是叫你有時候也應該陪陪我，一起去看看杜鵑花。』

好好先生被太太輕輕的喊醒。他睜開眼睛，太太正用小手帕替他抹掉腦門上的冷汗。

『你到底怎麼啦？』太太含笑的說。好好先生沮喪的回答說：『一個夢。』

『我去給你倒杯茶。』太太說。『你閉上眼睛歇一會兒，我就來。』

『謝謝。』好好先生說。他並沒閉上眼睛，他已經清醒。他要整理整理遺留在腦中的印象。他有幾次經驗，知道如果不在夢剛醒的時候趕緊回想回想或者趕緊找個人來聽他說夢，那麼夢就會像風中的煙，一下子就飄散了。

有一次，太太在吃過早餐以後才告訴好好先生說：『我昨天晚上做了一個很好笑的夢。』

『你夢見了什麼？』好好先生問。

太太微微皺著眉頭想了想，又睜大了眼睛望著天花板想了想，又伸手輕拍著腦門想了想，最後搖著頭說：『不記得了，反正，反正很好笑就是了。』

太太就是那樣兒丟了一個夢。好好先生怪她說：『你應該在剛醒的時候就告訴我。至少你也應該在吃早飯以前告訴我，白白丟了一個夢，多可惜。』

好好先生做的這個夢是怎麼引起的，他自己好像已經找到了線索。他想起來了。這個夢，是因為這幾天來他一直思索著「十年樹木，百年樹人」這句話，而且還把這句話拿來跟養育子女放在一起想的緣故。他曾經問過自己：『養育子女就像種樹嗎？養育子女真像種樹那麼容易嗎？』有一天，他甚至還想像到一幅可笑的圖畫：「學究」跟「伊麗莎白」都種在花園裡——他們的腳都埋在泥土裡，但是整個身子都露在外面。他們立正，像兩棵樹。

今天睡午覺會做那樣的一個可怕的夢，大概就跟他那特別敏銳的想像力有關。他記得吃過中飯以後，太太正要走進廚房。他跟太太說了一句笑話：『偏勞了。我可要到臥室去歇會兒啦。』進了臥室，因為忙了一上午，確實累了，就像山崩似的，重重的往床上一躺。

夢開始的時候，他卻是坐著的，坐在客廳的沙發裡看報。花園裡有一棵樹，伸出樹枝，由外面打開了窗戶，然後狠狠的搶走了他手裡的報紙。又有一棵樹，走進客廳，在他對面的沙發裡坐下了。坐了一會兒，又站起來，樹幹撞倒了沙發，直向廚房走去。因為樹根上都是土，所以客廳的地板全被弄髒了。

那棵走進屋裡來的樹，枝葉茂密。廚房的門太小，可是那棵樹不管，往廚房裡硬擠，眼看牆上有了裂痕，眼看整堵牆就要倒。他想起太太還在廚房裡，就想大喊一聲『小心！』通知太太，可是夢中喊不出來。不知經過多少掙扎，使出多少力氣，才迸出一句：『喔喔嗚哇！』

太太大概就是聽到這一聲『喔喔嗚哇！』才跑進臥室裡來把他喊醒的吧？他這樣猜測。真不好意思，已經到了這個歲數的人！他想。

太太端著一杯熱茶進來的時候，好好先生已經坐起來了。他喝了兩口茶，心裡寬慰了許多。世界上有很多人不知道天堂是什麼樣子，所以就有種種的猜測。做過噩夢的人，在夢中受過可怕的折磨的人，睜開眼睛一看到明媚的陽光，一下子就能悟到人間原來就是天堂：好好先生想。他特別感激太太給他一杯茶。太太是天堂裡的人，那杯茶是天堂裡的飲料。美好的人，美好的飲料。

『你到底夢見了什麼？』太太仍然想知道。

『兩棵樹。』他只好老實的回答。

『兩棵樹？是兩棵樹嗎？可是我聽你那喊聲，你心裡好像很害怕。你很怕那兩棵樹嗎？』

好好先生解釋說：『我是怕廚房那堵牆被那棵會走路的樹撞倒了。』

太太睜大了眼睛，想了想，拍拍他的肩膀說：『好，我不問了。你起來洗洗臉，也該去上班啦。』

『孩子們呢？』

『在學校裡呀。』

『對，現在不是早晨，我忘了。』

『現在是下午，快兩點鐘了。』

『趁學究、伊麗莎白、毛毛都不在家，我來跟你談談我這個夢。』好好先生拍拍床沿兒。

太太含笑在床沿兒坐下來。

『子女不是樹。對不對？』

『當然不是樹。』太太說。

可是許多人都把養育子女比作培植一棵樹，好好先生想。他告訴太太，許多人都以為養育子女就像種樹，該做的事不過是澆澆水，施施肥。如果一定要把子女比作樹，那麼這種樹卻是怪樹。這種樹會說話，會走路，有感情，有思想。這種樹不只是吸收水分，吸收養料。它還會吸收語言，吸收印象，吸收思想，吸收善惡觀念，吸收判斷能力。

『你可以含笑給一棵樹澆水，你也可以繃著臉給一棵樹澆水。對一棵真正的樹來說，這是沒有什麼區別的。對不對？』好好先生說。

「可是「子女樹」就不一樣。你含笑給子女樹澆水，它就長出一種樣子來。你含怒給子女樹澆水，它就長出另外一種樣子來。你含笑澆水，那棵子女樹就會帶著笑意。你含怒澆水，那棵子女樹就會帶著怒意。更難的是，子女樹會看透你的心意。你心裡愉快，子女樹知道。你心裡憤怒，子女樹也知道。你沒法兒隱瞞。最難的是，你愉快、你憤怒，子女樹都認為都跟它有關。』好好先生說。

『人可以完全不關心一棵真正的樹，照樣能把那棵樹照顧得很好——澆澆水，施施肥，然後專心忙自己的事。子女樹就不同，儘管你照樣澆澆水，施施肥，只要你不是真正的關心，子女樹馬上就知道，很快的就枯萎了。』好好先生說。

太太含笑說：『這是你一個人的想法吧？照你的說法，子女樹都應該改個名兒叫「自私樹」啦？因為它只關心別人應該怎麼關心它，並不關心它應該怎麼關心別人。』

好好先生笑了，是被太太那句繞脖子的話逗笑的。『許多很有趣的話，都是這麼來的。思想走到那兒，話就不能不跟著那麼說。』他想。

『你笑什麼？』太太笑著問。

好好先生說：『你那句繞口令打斷我的思路了。我的真正的意思是說，孩子根本就不是樹。孩子根本就是孩子。如果你把孩子看成樹，這種樹就應該叫作靈樹。這就是我的夢給我的啟示。』

『你是不是想告訴我一套照顧靈樹的方法？你的真正用意就在這裡對不對？』太太問。

好好先生沒有回答。太太的話使他想起一個窮困的女孩子跟一位偉大的父親。那個窮困的女孩子是一個高中生。她曾經含淚告訴好好先生說：『我不在乎我家有多窮。我日子照樣過得好好兒的。但是我最怕母親向我訴窮：再過兩天，米就吃完了；已經快到月底了，你父親還沒把錢寄來；這樣的日子，怎麼過！聽到母親的話，我就灰心得連書也不想念了。我真不懂，母親為什麼要跟我說那樣的話？母親是不是不希望我念書？』

好好先生知道，當然不是那樣。

有一位偉大的父親，失業了兩個月。他每天到街上去上班，到圖書館的閱覽室去上班。每天「上班」回家，照樣有說有笑，照樣對子女很和氣。他後來又找到了事，而且收入比以前還好，但是他從來不露出一絲自豪的神氣。他一直等到子女都成了婚，而且已經有了子女，才向他們吐露他曾經陷入絕境的往事，目的只是給子女學習一點「為人父母」的功課。

靈樹是要用「心中的好天氣」來培養的。好好先生想到這裡，心裡一震。『好父親並不是人人做得到的。如果我心中常有暴風雨，如果我心中常有雨季，我怎麼能希望我的靈樹長得好呢？』

他抬起頭，看見太太仍然和氣的等著他的答覆，就帶著愧意的說：『那一套方法就是心中要常有好天氣。』

國家圖書館出版品預行編目資料

現代爸爸 / 林良著. -- 二版. -- 臺北市 : 麥田出版 : 家庭傳媒城邦分公司發行, 2015.08
面； 公分. -- (林良作品集 ; 8)

ISBN 978-986-344-201-1(平裝)

855　　104000235

林良作品集 08

現代爸爸 經典紀念珍藏版

作　　者　林　良
責任編輯　賴雯琪　林秀梅
校　　對　吳淑芳　吳美滿　陳瀅如

國際版權　吳玲緯
行　　銷　陳麗雯　蘇莞婷
業　　務　李再星　陳玫潾　陳美燕　杻幸君
副總編輯　林秀梅
副總經理　陳瀅如
編輯總監　劉麗真
總 經 理　陳逸瑛
發 行 人　涂玉雲

出　　版　麥田出版
城邦文化事業股份有限公司
104台北市中山區民生東路二段141號5樓
電話：（886）2-2500-7696 傳真：（886）2-2500-1966、2500-1967
E-mail：bwps.service@cite.com.tw

發　　行　英屬蓋曼群島商家庭傳媒股份有限公司城邦分公司
104台北市中山區民生東路二段141號11樓
書虫客服服務專線：(886)2-2500-7718；2500-7719
24小時傳真服務：(886)2-2500-1990；2500-1991
服務時間：週一至週五09:30-12:00；13:30-17:00
郵撥帳號：19863813 戶名：書虫股份有限公司
讀者服務信箱E-mail：service@readingclub.com.tw
歡迎光臨城邦讀書花園 網址：www.cite.com.tw
麥田部落格：http://www.ryefield.com.tw

香港發行所　城邦（香港）出版集團有限公司
香港灣仔駱克道193號東超商業中心1樓
電話：(852)2508-6231 傳真：(852)2578-9337
E-mail：hkcite@biznetvigator.com

馬新發行所　城邦(馬新)出版集團【Cite(M)Sdn. Bhd】
41, Jalan Radin Anum, Bandar Baru Sri Petaling,
57000 Kuala Lumpur, Malaysia.
電話：(603)9057-8822 傳真：(603)9057-6622
E-mail:cite@cite.com.my

封面繪圖、設計　薛慧瀅
電腦排版　宸遠彩藝有限公司
印　　刷　一展彩色製版有限公司

初版一刷　1998年5月1日
二版一刷　2015年8月1日
二版二刷　2019年12月27日



定價／260元

ISBN：978-986-344-201-1

城邦讀書花園
www.cite.com.tw